금지된 여행

금지된 여행

초판 1쇄 인쇄 | 2004년 9월 20일
초판 1쇄 발행 | 2004년 9월 28일
지은이 | 오영필
펴낸이 | 양우식
펴낸곳 | 가리온
주 소 | 서울시 금천구 독산동 1000-7
전 화 | (02)892-7246
팩 스 | (02)892-7247
등록번호 | 제 17-152호 1993.4.9
ISBN | 89-8012-050-8 03810
일부총판 | (주)두란노
　　　　　전화(02)794-5100
　　　　　팩스(02)797-0965

잘못된 책은 바꾸어 드립니다.

탈북자를 돕다
중국 감옥에 두번씩이나 수감되었던
비디오 저널리스트 오영필의 생생한 옥중 일기

금지된 여행

가리온

※ 여기에 등장하는 인물들의 이름은
신변 안전을 위해 가명을 사용하였다.

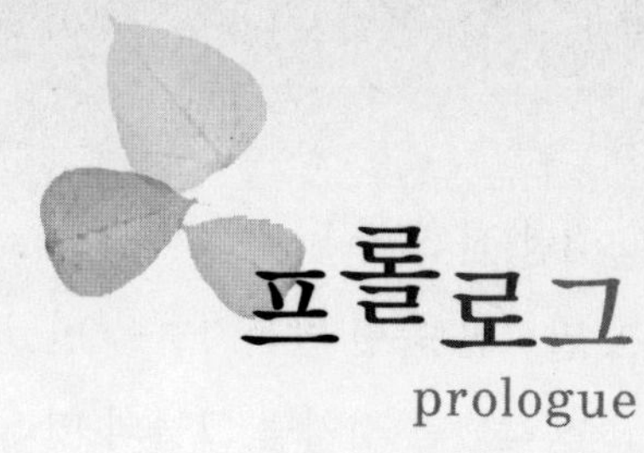

프롤로그
prologue

3년 전, 오늘 난
중국 행 비행기를 탔다.
두 번의 실패 끝에…….
한번은 늦게 출발해서
또 한번은 비자발급을 못 받아서…….
얼마나 창피하고 분하던지…….
돌아오는 차안에서
중국에 제발 가게만 해달라고
그러면 무엇이든지 다 하겠다고
이마에 땀이 흐르도록 빌고 또 빌었다.

3년 전 오늘 난
말로만 듣던 탈북자들을 만났다.
생각했던 것처럼 그들의 머리엔 뿔이 달려 있지 않았으며,
얄팍한 감성을 자극할 정도로 남루하거나 비참한 모습도 아니었
다.
이미 그들은 자본주의 중국에 영향을 받아
그 풍요의 열매에 탐닉하고 있었고
유일한 차이점은 말투가 다르다는 것뿐이었다.

3년 전 오늘 난
중국과 몽고의 국경을 넘고 있었다.
노동자 농민의 천국을 등지고
영하 삼십 도의 거친 칼바람을 맞으며
남은 건 몸뚱이 하나
믿을건 남한에만 가면 고생 끝, 행복시작이라는
근거 없는 소문을 신념처럼 믿는 사람들과 함께…….

3년 전 오늘 난
생전 처음 감옥이란 곳을 가보았다.

닫힌 공간에서 그들만의 원칙대로
순간순간을 힘겹게 버티어 내는 사람들…….
그 곳을 가기 전, 기도할 때마다
'나는 죄인입니다' 라는 고백을 자주하곤 했다.
그러나 막상 죄인들과 함께 있고 보니
난 '너희들과 달라' 라는 도덕적 우월감으로
마음의 벽을 쌓고 있었다.
돌이켜보면, 그들은 넘어질 때 손을 잡아주고
배고플 때 빵 한 조각을 건네어 준
소중한 나의 친구였다.

3년 전 오늘 난
깨진 창 문 사이로 들어오는 매서운 바람에 떨며
극단적인 허무와 외로움이 할퀴는 내 마음에
의식의 흐름을 기록하고 있었다.
글을 쓴다는 것은
답답한 마음을 달래기 위해
나 자신과 나누는 대화였으며
위태로운 희망을

부여잡으려는 몸부림이었다.
그러므로 당시의 글쓰기는
삶을 풍요롭게 하는 낭만이기 보다
오늘 하루를 살아남으려는 치열한 노동에 더 가까웠다.

3년 전 오늘 난
그 곳에 있다는 것만으로도 한없이 고통스러웠지만
지금은 눈덩이만큼 커진 그리움 탓에 눈을 감고 그 때를 회상하곤
한다.
그렇다면 왜 그때를 그리워하는 걸까?
감옥에 있을 땐 자유가 박탈당함으로 힘들었지만
지금은 내 영혼이 더러워져 있음으로 힘들기 때문인 듯 하다.

3년 전 오늘 난
글을 쓰면서도 이 글이 책으로 출판될 것에 대한
어떤 확신도 갖지 못했다.
내가 쓴 글이 다른 누군가에게 읽혀진다는 것은
감옥체험 만큼이나 낯설고 생경한 체험이다.
그 곳에서 경험하고 만난 사람들을 통해

내 삶이 풍요로워진 것처럼

독자들의 감성과 지성에 작은 도움이 될 수 있다면

그 동안 받아 온 셀 수 없는 사랑의 빚을 조금이나마 갚을 수 있을

것 같다.

이 글이 출판될 수 있도록 도움을 주신 오대희 선배님, 노대영, 문

보연, 소중한 나의 가족들에게 감사드리며 나를 위해 한없는 사랑

을 베푸신 하나님께 이 책을 바친다.

차례

연길 행 기차를 타다

2002년 12월 26일

시간이 짧았음에도 이번 취재를 정성껏 도와 준 재성 선배에게 감사의 말을 전하고 목적지인 연길 행 기차를 탔다. 좁은 복도사이로 사람들이 즐비하게 서 있었고 나도 한 무리가 되어 자리를 찾았다. 연길 까지는 열 네 시간이 걸리기에 중국 돈 140원으로 침대칸을 구했다. 자리에 앉자마자 눈을 감았다. 심양에서 1박 2일의 취재일정을 돌아보기 위함이다. 이번, 중국에 부는 한류열풍에 관한 팬클럽의 취재는 기대이상이었다. 일시적인 현상에 머무르지 않고 일반인의 생활에 하나의 문화로 자리 잡고 한국의 대 중국 수출을 통한 경제활동에도 영향을 끼친다는 사실은 만족할만한 성과였다. 과연 문화란, 사람들에게 영향을 끼치는 하나의 거대한 흐름으로 한 곳에만

머무르지 않고 문이 열려있는 쪽을 향해 끊임없이 움직이는 '무엇'
이라는 생각을 해 본다.

  스피커에서 나오는 중국 노래와 대륙을 가로지르는 기차소리가
섞여 마음을 한층 감성적으로 흩으려 놓았다. 어둠의 세계가 빛의
세계로 바뀌었을 때 사람들은 하나 둘씩 도착지에 내리기 위해 짐을
정리하고 있었다.

  기차가 연길 역에 도착하자마자 강 사장에게 전화를 걸어 간단한
인사와 머무르고 있는 곳의 약도를 물었다. 역에서 가까운 예식장
앞에 도착했을 때 검정 색 파카를 입은 사람이 다가왔다. 강 사장이
었다! 이번 여행의 목적은 북한 사람들이 몽고의 국경을 넘는 이동
경로를 취재하는 것이다. 그를 따라 아파트에 들어섰을 때 일곱 살
정도 되어 보이는 어린아이가 경계심과 호기심이 섞인 표정으로 어
색하게 나를 맞이했다. 아파트 내부는 겉보기와 다르게 깔끔하고 시
설도 현대적이었다. 간단히 아침을 먹고 예배를 드린 지 얼마 되지
않았을 때 누군가 문을 두드렸다. 강 사장은 그를 김 부장으로 불렀
다. 이곳에서는 신변보호 차원에서 선교사님은 사장님으로 그들을
돕는 분은 부장으로 통용되었다. 그의 인상은 부드러웠고 말투는 한
없이 상냥했다. 강 사장이 그와 은밀한 대화를 나눈 후 탈북자들이

머물고 있는 또 다른 곳을 가 볼 것을 권했다. 나가기 전, 그가 안전상의 이유로 부피가 큰 내 카메라보다 자신의 소형카메라를 사용하기를 권했다. 참고로 현재 쓰고 있는 카메라는 소니 PD150이었고 그의 것은 소니 PC110이었다. 손바닥만 하게 작은 크기였지만 화질이 손색없는 최신형 디지털 카메라였다. 그 카메라로 길을 나서는 것부터 택시를 잡아 이동하는 장면까지 화면에 담았다. 새로 찾아간 그 곳엔 10여명의 탈북자들이 함께 모여 있었다. 강 사장이 그들을 거실로 불러 모아 그들의 이름, 출생지, 주소들을 적고 한 사람씩 사진을 찍은 후 중국인 신분증을 구해서 각자에게 나눠줬다. 잠시 후 큰 지도를 펼쳐 보였다. 이들의 최종 목적지는 이곳에서 3일 밤낮을 가야 하는 중국과 몽고의 국경지대인 '둥치' 라는 곳이다. 강 사장은 국경을 넘는 방법과 그들이 준비해야 할 것에 대해 상세히 설명해 주었다. 그들의 사진을 찍어 둔 것은 나중에 탈출이 성공했을 때 증거로 남기기 위함이라고 했다. 모임이 끝났을 때 각자의 방에 돌아간 사람들에게 인터뷰를 시도했다. 어디서 왔으며 언제부터 이곳에 있었는지, 지금의 심정은 어떤지……

  그들은 평안한 상태로 인터뷰에 응했다. 점심 무렵, 강 사장은 약속이 잡혀있다며 성급히 그곳에서 빠져 나갔다. 우리가 찾아 간 곳은 '연길' 에서 30분 거리인 '훈춘' 이란 도시의 2층 식당이었다. 그

곳에서 중년의 남자와 10대 후반의 여자 아이 셋을 만났다. 그는 그녀들을 보호하는 조선족이었고 아이들은 탈북 소녀들이었다. 강 사장은 특별히 공안에게 붙잡혀 북한에 끌려간 줄 알았는데 무사히 다시 도망쳐 나온 한 소녀에게 깊은 애정을 보였다. 평소엔 공안의 감시 때문에 항상 집안에서만 생활해야 하기에 바깥구경을 하는 것이 그녀들에겐 더없이 신나고 기쁜 이벤트처럼 보였다. 내가 한국에서 온 줄 알고는 집에서 위성TV로 보고있는 모 방송국의 사극 프로에 대한 이야기를 경쟁적으로 늘어놓았다. 극중 캐릭터에 대한 나름의 분석에서 줄거리의 방향에 이르기까지 그녀들은 그 프로에 푹 빠져 있었다. 그 중에 한 소녀가 식사 도중에 자신이 좋아하는 한국의 대중가요를 불렀다. 부끄러운 듯 두 볼에 약간의 홍조를 띤 그녀의 얼굴엔 사춘기 소녀의 싱그러움과 한국을 향한 열망이 묘하게 섞여 있었다. 그들에게 있어서 TV는 닫힌 현실에서의 열려진 창이며 머지 않은 미래에 남한사회의 구성원이 되기 위한 필요한 정보를 습득하는 도구이면서 불안과 공포를 이기는 마취제의 역할을 하는 듯 했다. 식사가 끝나 갈 무렵, 강 사장이 가방에서 뭔가를 꺼냈다. 연말을 맞아 이미 한국에서 정착해 살고 있는 고향선배가 준비한 선물이었다. 선물은 목걸이! 한참 멋 부리기 좋아할 나이에 안성맞춤인 선물이다. 식사를 마치고 오랜만에 근처 강둑을 거닐었다. 바람이 무척 세게 불었지만 자유로움을 느끼는 것만으로도 그녀들은 충분히 행복해 했다. 외진 골목길을 한참을 들어가야 나오는 전형적인 시골 마을에 그녀들의 집이 있었다. 집안에 들어서자 환기를 하지 않은 탓에 역한 냄새로 순간 구역질이 나왔다. 그곳은 방과 거실 부엌이 구분되지 않은 곳으로 한 쪽에 컴퓨터와 TV가 설치되어 있었고 실시간으로 한국의 방송을 그대로 볼 수 있을 뿐 아니라 인터넷으로 한국의 최근 소식을 그대로 접할 수 있었다. 그러나 생명의 위협에 대한 본질적인 두려움에서 벗어나기까지는 이 모든 혜택이 한낱 허상에 불과한 것은 아닌가? 중국 땅에 있는 탈북자들이 이런 처지에서 누구도 자유로울 수 없기에 무사히 한국에 도착 할 수 있도록 돕는 사람들은 그들에게 생명의 은인이 아닐 수 없다.

머리가 계속 지끈거리고 아파 촬영을 일찍 마치고 서둘러 그곳을 나와 다시 '연길'로 향했다. 숙소에는 이미 떠날 준비를 마친 일행들이 완전무장을 한 군인처럼 팽팽한 긴장감을 온 몸에 휘감은 채 기다리고 있었다. 강 사장이 몇 가지 사항의 주의를 준 뒤 정해진 조대로 집을 나섰다. 이번 탈북 과정에 참여한 사람은 열여섯 명이었고 그 중 북한 사람이 열두 명, 네 명은 그들을 돕는 일행들이었다. 그들의 구성원은 철민씨의 가족, 김화숙씨와 그녀의 딸, 진일씨

등……. 특별히 철민씨는 3년 전에 이미 탈북한 사람으로 그의 가족을 탈북 시키기 위해 이번 여행에 동참한 사람이었다. 김화숙씨도 그의 동생과 어머니가 이미 탈북해서 한국에 거주하고 있으며 그의 삼촌과 고모들은 미국에서 살고 있다고 했다.

그녀의 딸 경희는 평양의 예술학교에서 중학교 과정을 1년 정도 다닌 적이 있었으며. 진일씨는 북한에서 국가대표 레슬링 선수를 할 만큼 운동실력이 뛰어났으며 오래 전부터 중국전역을 떠돌아다니면서 중국말을 배운 듯 했다. 최영길씨는, 김화숙씨와 함께 탈북한 사람으로 정치보위부에서 일할만큼 똑똑하고 식견이 있어 보였다. 4분 간격으로 숙소를 떠난 일행들은 택시를 타고 연길 역에서 모였다. 지금부터는 자기 조끼리만 움직여야 한다. 다른 사람들에게 아는 체하거나 말을 걸어서도 안되며 다른 조가 붙잡혀도 모른 체 해야 한다. 기차는 여섯 시에 하얼빈으로 떠날 예정이다. 역에 도착하자마자 삼삼오오 일정한 거리를 두고 대합실에 앉았다. 강 사장은 이번 여행의 경비와 안전을 책임지는 팀의 리더였으며 김 부장은 표를 구입하고 중국 사람들과의 의사소통을 담당하는 실질적인 가이드를 담당하고 나는 이들의 움직임을 카메라로 촬영하는 역할을 맡았다. 드디어 열차가 출발했다. 열 두 명은 일반 칸에 탔고 네 명은 신분이 확실했기에 침대칸을 이용했다. 객실은 양쪽으로 두개씩 2

층 침대로 구성되었다. 모두 무사히 차에 올라탔으니 시작은 성공이다. 깊게 한숨을 고른 후 오늘 찍었던 테이프를 살펴보았다. 집안에서 사람들 인터뷰 장면과 밖에 길을 나설 때가 느낌이 좋았다.

지금 심정이 어떠냐는 질문을 시작으로 강 사장과의 장시간의 인터뷰를 가졌다. 그가 탈북자들을 돕게 된 계기는 북한에서 분단되기 전 처녀 시절부터 예수님을 믿고 통일이 되기 전까지는 결혼하지 않겠다며 다짐을한 할머니의 이야기를 감명 깊게 들은 이후부터라고 말했다. 99년부터 20여 차례에 걸쳐 탈북자들을 베트남과 몽고의 국경으로 탈출시키는 과정에서 죽을 고비를 수차례 경험했으며 또한 힘들게 탈출을 도와주어도 한국에 가서는 입장을 바꾸는 일이 한두 번이 아니라며 이 일을 하면서 겪는 고충까지 털어놓았다. 최근에는 60일을 밤낮으로 철길을 따라 연길에 도착한 가족을 만났을 때의 절박함이 마음에 남는다며 안타까움을 감추지 못했다. 그가 이 모든 위험에도 일을 하는 것은 그들을 향한 하나님의 사랑의 손길을 매순간마다 경험하기 때문이라고 했다.

인터뷰가 끝나고 일행들이 잘 지내고 있는지 돌아보기 위해 일반 열차 칸으로 가 보았다. 임산부는 이미 깊이 잠들어 있었고 원철이와 철민씨 아들은 장난을 치고 있었다. 그들의 안전을 확인하고는 침대에 몸을 뉘었다. 생사를 건 그들만의 여행이 무사히 성공할 수 있기를 바라는 소망을 품은 채 고단했던 하루의 마침표를 찍었다.

그들만의 여행

12월 27일

  날이 밝았다. 일행들이 짐을 챙기는 소리에 깨어 여행의 둘째 날을 맞았다. 도착지인 하얼빈 역에 내려 무리들 속을 빠져 나왔다. 하늘엔 아직 어둠이 깔려 있었고 역 앞의 고층건물들은 중국의 현대화된 모습을 은근히 뽐내고 있었다. 근처 식당에서 뜨거운 찌개로 몸을 녹인 후 오후까지 머물 수 있는 호텔을 찾았다. 택시로 5분 거리에 있는 수분화 호텔은 한 눈에 봐도 15층은 족히 돼 보이는 깔끔하고 현대적인 곳이었다. 강 사장, 김 부장, 나는 5층에, 나머지 일행은 4층에 방 두 칸을 잡았다. 짐을 정리한 후 곧바로 샤워를 했다. 이동 과정 중에 긴장한 탓인지 근육이 뭉쳐있어 온 몸이 뻐근했다. 샤워를 하고 나오니 강 사장은 곤하게 잠들어 있었고 김 부장은 이

곳에 살고 있는 동생을 만나러 외출 중이었다.

잠자기 전 배터리를 충전해 놓고 촬영한 테이프를 빼서 가방 안쪽에 넣었다. 침대에 누웠을 때 머리끝에서 발끝까지 시원함이 밀려왔다. 이번 일이 예상과 달리 순조롭게 진행되는 것에 약간의 싱거움을 느꼈다. 그렇다고 어려운 상황이 발생하기를 바랄 수는 없는 일이었다. 이들이 탈북자란 사실만으로도 이번 취재는 소중한 자료가 되기에 충분하다. 그간의 피로를 풀 수 있는 낮잠을 자고 난 후 1층 식당에 내려갔다. 이미 식사를 하고 있는 그들의 표정은 어제보다 한결 여유로워 보였다. 아이들은 이번 여행이 얼마나 위험한지에 대해서는 관심이 없는 듯 맛있는 식사와 재미난 TV 시청만으로도 얼굴에 웃음이 가득했다. 식사 후 경희가 머리를 자르고 싶다며 호텔 앞에 있는 미장원에 진일 씨와 함께 들어갔다.

이렇게 긴장되는 상황에서 머리를 자르겠다니……. 나이가 믿어지지 않을 만큼 배짱이 대단한 아이였다! 호텔 맞은편에 있는 미장원 문을 열었을 때 젊은 남자 미용사 둘이서 손님의 머리를 자르고 있었다. 한국과 달리 가위를 이용하지 않고 날카롭고 작은 면도날을 이용한다는 것이 인상적이어서 카메라에 그 모습을 담았다. 중국의 미장원 내부는 우리네의 남루한 중소 도시의 미장원처럼 지리멸렬했지만 그들의 표정만큼은 진지했다. 기다리는 동안 무료함을 달래기 위해 펼친 잡지에 심은하, 이정현, 김희선의 화보 사진이 빼곡히 박혀 있었다. 한국말을 쓰는 내게 호기심어린 표정으로 김희선을 아느냐고 물었다. TV에 방영된 그녀의 모습에 깊은 인상을 받았다면서 그녀에 대한 질문은 자연스럽게 한국이 어떤 나라인지에 대한 것으로 연장되었다.

사춘기를 막 지나고 있는 경희를 보면서 아름다움에 대한 욕구가 시대와 장소를 초월해 얼마나 본능에 가까운 것인지를 새삼 느꼈다. 호텔에 들어갔을 때 한 쪽에선 TV시청을, 다른 방에선 안전한 여행을 위한 기도를 드리고 있었다. 오후 다섯 시 즈음, 카메라가 담겨 있는 이동용 가방을 프론트에 맡겨 놓은 채 간단한 짐만 검은 색 가방에 챙겼다. 김 부장이 보관증을 주며 이것이 없으면 짐을 찾을 수 없다며 잘 보관하라는 당부의 말을 남긴 후 그 곳을 나왔다. 다음 행선지는 중국의 내륙 도시인 '야커스'였다. 하얼빈 역에 도착했을 때 승무원들이 일일이 짐을 검색했다.

그것을 지켜 본 일행들이 겁먹은 듯 역 안으로 들어가기를 주저했다. 먼저 들어가서 일행을 기다렸을 때 김 부장과 진일 씨, 철민씨와 그의 가족이 들어왔다. 출발시간 10분전! 플랫폼을 향해 뛰었다. 역이 큰지라 어디가 어딘지 알 수 없었지만 김 부장이 역무원에게 물어 '야커스' 방향을 찾았다. 조금만 늦었다면 기차를 놓칠 뻔했다.
방에 들어와 강 사장과 안도의 한숨을 쉬고 있는데 진일 씨가 문을
열더니 어쩔 줄 모르는 표정으로 원철이 가족이 기차를 타지 못했다
는 말을 전했다!! 순간, 방 분위기가 심각해지더니 한동안 깊은 침묵
이 흘렀다.

'여기서 문제가 생기다니……'
그들은 그럼 어떻게 되는 걸까?
이번 기차를 타지 못하면 언제 열차를 다시 탈 수 있지?
남은 사람들과 함께 갈 것인가? 아니면 이대로 떠날 것인가?
일행들은 강 사장의 얼굴만 바라보았고, 침묵 속에서 그 눈 주위
의 미간이 파르르 떨렸다.
그가 드디어 입을 열었다.

"일단 먼저 떠납시다."

진일 씨가 일행들의 표를 원철이 에게 주었는데 그것을 제대로 관
리하지 못해 표가 분실된 것이었다. 자신이 동요하면 팀 전체가 흔
들린다는 것을 잘 알고 있는 그였기에 침착하게 다음의 행동을 김
부장에게 지시했다. 강 사장은 먼저 하얼빈에 있는 김 부장의 친구

에게 도움을 요청한 후 남겨진 일행에게 김 부장의 친구가 전화 할 때까지 역 근처에서 기다리라고 했다.

1시간 후 김 부장의 친구에게서 무사히 그들을 만났다는 연락이 왔을 때, 그의 긴장된 얼굴이 비로소 풀렸고 막혀있던 방안의 공기가 부드러워졌다. 탈북자들에게 이번 여행은 얼마나 위험한 모험인가? 이제야 목숨을 건 여행을 단지 좋은 아이템만으로 생각한 내 자신이 부끄러웠고 진심으로 이들의 생명의 안전과 성공적인 탈출을 기대하는 소망의 씨앗이 마음 한구석에 뿌려지기 시작했다.

국경선을 넘어…

12월 28일

　기차로 열여덟 시간 만에 내몽고 수도인 하이라얼에 도착했다. '둥치'로 떠나기 전 어제 놓친 일행들을 만나기 위해 하룻밤을 이곳에서 지내기로 했다. 강 사장은 지난 팀이 탈출하는 과정을 담은 비디오를 일행들에게 보여주었다. 영상에 대한 그들의 집중력은 생에 대한 의지에 비례했다.

　국경에서 일행들과 인사를 나누며 헤어지는 장면에서는 대부분 소리 없이 눈물을 흘리고 있었다. 그 눈물은 무사히 탈출하고 싶은 선한 욕망의 표현이며 동시에 '이렇게 힘든 인생을 살아야 하는가'라는 인생에 대한 서러움의 눈물인 듯 했다.

　"지금 심정이 어떠세요?"

조심스럽게 진일 씨의 마음의 문을 두드려 보았지만 눈물만 흘린 채 그의 입술은 좀처럼 열리지 않았다. 질문이 기억에서 사라지려 할 때 비장한 고백이 내 뒤통수를 쳤다.

"고향에 두고 온 가족들을 위해서라도 국경선을 넘어 꼭 남한에 갈 겁니다."

오후 4시쯤, 강 사장, 김 부장과 함께 도시를 둘러보았다.

거리엔 잘 빠진 외제 차와 느릿하게 걸어가는 나귀의 모습이 동시에 보였다. 도시와 농촌, 근대와 현대의 중국을 한 곳에서 느낄 수 있는 보기 드문 풍경이었다. 공원에서 간단한 사진촬영을 했다. 오늘은 일찍 잠을 청해야 한다. 어제 놓친 일행들을 만나기 위해 새벽 일찍 일어나야 하기 때문이다.

이른 새벽, 역에서 그들을 기다렸다. 기차가 도착했을 때 무리들 중에 그들이 보였다. 그들과 함께 호텔에 도착했을 때 일행들에게 다가와 부둥켜안으며 서로의 안전을 물었다. 이들은 어느새 생사를 함께 나누는 가족이 되어 있었다. 특별히 진일 씨는 원철이를 껴안으며 한동안 그 자리에 서서 눈물을 흘렸다. 자신의 실수로 이들이 위험에 빠진거라는 자책 때문이리라. 임산부는 들어오자마자 무릎을 꿇고 한동안 감사의 기도를 드렸다. 오전 10시경 김 부장과 함께 표를 사기 위해 터미널에 나갔다.

거리는 온통 흰눈으로 덮인 채 차가운 바람이 삼엄한 경비를 서 듯 쉴 새 없이 불고 있었다. 일행들의 아침을 해결하기 위해 들어간 가게는, 어렸을 때 추억이 서려있는 구멍가게 그대로의 모습이었다. 제품의 포장상태가 허술하게 보이긴 했지만 나름의 위생상태를 유지했다. 컵 라면, 빵, 소시지, 사과 등으로 점심을 해결한 후 떠나기 전 최종점검을 했다. 강 사장은 지도를 펼쳐 보이며 현재의 위치와 그들이 지나야 할 경로들을 손가락으로 가리키며 필요한 정보들을 상세히 알려 주었다.

"국경을 넘으면 강이 나올 때까지 계속 걸어가세요. 강이 보이면 일단 안심해도 되지만 도착하기까지는 대략 세 시간을 걸어야 합니다."

특별히 모임의 조장들에겐 몇 가지 더 당부의 말을 아끼지 않았다.

"만약 일행 중 일부가 잡히더라도 다른 사람을 끌어들이지 마세요. 절대로……."

우리는 자연스럽게 서로의 손을 잡았다.

"주님, 이들은 애굽의 노예처럼 살아왔습니다. 이제 삶의 터전을 뒤로하고 새로운 가나안 땅을 향할 때 구름기둥과 불기둥으로 이들을 보호하여 주옵소서." 그의 기도는 죽기를 각오하고 신앙을 지켰던 카타콤의 사람들로 우리를 변화시켰다. 강 사장이 기도를 하다 울컥할 때 내 눈가에도 눈물이 맺혔다. 기도를 마치고 각자 짐을 챙겼다.

"국경을 넘으려고? 맹랑한 놈 같으니 어딜 감히⋯⋯."

거리의 찬바람은 사나운 표정을 한 독불장군처럼 한층 더 거세게 얼굴을 때리며 우리를 움츠리게 했다. 좁은 버스 안에 사람들이 발 디딜 틈 없이 많았지만 다행히 모두 자리에 앉을 수 있었다. 비포장도로에 흔들거리는 버스는 팽팽한 긴장감은 숨긴 채 행복한 모습만을 볼 것을 애써 강요했다. 태양은 뜨거웠으며 벌판의 광활함은 낯설고 묘한 비루함을 느끼게 했다. 일행들은 잠을 자거나 말없이 창밖을 바라보고 있었다. 중천에 떠있던 해가 어느새 많이 기울어졌을 때 아름다운 풍경에 취한 탓인지 느닷없이 신세한탄의 물음이 튀어나왔다.

"이토록 평화로운 시골거리를 이들은 왜 비장한 심정으로 달려야 하는가?"

궁색 맞은 모습이 싫었는지 벌판만 보였던 도로 저 너머로 새색시의 하얀 속살처럼 희미하게 도시가 보였다. 도시가 점점 커질수록 평온했던 마음은 다시 흔들리기 시작했다. 강 사장이 종착지에 왔다는 신호를 보내오자 주머니에서 카메라를 만지작거렸다. 버스가 둥치에 도착하자마자 각자의 조를 찾아 걷기 시작했다. 이 곳은 낯선 사람을 신고하는 것이 일상화되었기에 눈에 띠도록 무리 지어 가면 안 된다. 김 부장은 앞쪽에서 길 안내를 했고 강 사장은 중간지점에서 사람들의 움직임을 지켜보며 전체를 조율했다. 20여분을 걸었을 때 마을을 벗어났고 사방엔 어둠뿐이었다. 벌판 쪽으로 이동했을 때 강 사장은 다시 한번 국경선을 넘는 방법과 주의사항을 알려 주었다. 매섭게 부는 칼바람을 맞아가며 한치 앞도 알 수 없는 미지의 세계를 향해 내딛어야 하는 그들의 발걸음에 주님이 함께 하시기를 바라는 마음으로 일행들과 마지막 인사를 나누었다. 왜 이들은 낯선 땅 누구도 환영해 주지 않는 곳에서 이 고생을 해야 하는가? 나는 인간대 인간으로 그들의 위태로운 상황을 온 몸으로 느끼고 있었다.

다정한 엄마 품과 맛있는 음식만으로도 행복해 하는 아이들!

이 아이들의 미래는 좀 더 행복하고 자유로울 수 있기를……. 특별히 아직 뱃속에 있는 저 아이는 인간의 기본권이 보장되는 곳에서 태어날 수 있기를 소망해본다.

분단!

솔직히 그것은 내가 감당하기에는 부담스럽고 껄끄러운 무엇이다.

그러나 이번 여행을 통해 남의 문제로 방관하기에는 내 마음에 소
중하게 간직된 것이 너무나 많다. 그 중에서도 어떤 환경에도 주님
을 신뢰하는 만삭이 된 임산부의 간절한 기도이다. 나는 단지 경상
도에 살고 있는 사람을 만나듯 3박 4일 동안 여행을 통해 북에서 살
고 있는 평범한 이웃을 만났을 뿐이다. 그들은 단지 그들이 사는 곳
에서 더 이상 살수 없다고 판단해서 자신의 삶에 위험을 적극적으로
끌어들인 사람들이다. 그 위험 속에 자신들이 원하는 삶이 담보되어
있으리라는 믿음을 갖고……. 그러나 그 믿음이 현실로 이루어질 것
인지 한낱 허상에 불과할 것인지 지금은 누구도 모른다. 다만 그들
의 판단이 옳은 것이었음을 믿어 주는 수밖에…….

이제 내 자리로 돌아가려 한다!

다시 일상이 시작될 것이고 그 속에서 울고 웃으며 커다란 삶의
울타리의 한 구성원으로 살아갈 것이다. 아름다운 자연과 고풍스런
도시를 경험한 것은 아니었지만 어떤 책에서도 배우지 못한 인간을
바라보는 시선에 대해 소중한 것을 깨달았기에 나는 이번 여행을 사
랑하지 않을 수 없다. 그들의 처지를 아무 편견 없이 공감해 주는
것, 그것만으로도 기뻐한다는 사실에 상대를 위해 무언가를 해야 한
다는 강박에서 벗어난 듯하다. 사람들은 이번 여행을 기억에 떠올리

기도 싫어할 만큼 아주 힘든 여행'이라고 규정할지 모르지만 내 속
에서는 나지막이 이런 음성이 들린다.

　"영필아,
　이번 여행은 내가 널 사랑하기에 허락한 아주 특별한 여행이란다.
　네가 어디에 있든 눈을 감고 생각에 잠길 때마다 생생히 그때 경
　험한 느낌들을 느끼도록 해줄게. 네가 잊지 않길 바란다. 내가 널
　얼마나 사랑하는지를, 그리고 그 사랑이 얼마나 너와 가까이 있는
　지를……."

덫

12월 29일 토요일

탈북자들과 아쉬운 작별을 하고 마을로 걸어가면서 강 사장에게 카메라를 향했다.

"지금 심정이 어떠세요?"

"글쎄. 저들이 무사히 국경을 넘을 수 있었으면 좋겠네."

그는 뿌듯함과 아쉬움이 교차되는 미소를 지어 보이며 말을 아꼈다.

김 부장은 저 만치서 '하이라얼'로 돌아가기 위해 전화로 콜택시를 불렀고 마을에 돌아왔을 때 운전사는 외지인을 태울 때는 의례적으로 간단한 신고를 해야 한다며 경찰서 앞에 차를 세웠다. 김 부장이 경찰서 안에 들어간 지 얼마 후 공안들이 택시 안에 있는 우리를 둘러보더니 잠깐 나오라고 했다. 경찰서 안에는 한 명의 공안이 휴게실에서 한가로이 설날 특집프로그램을 보고 있었고 우린 그 옆에서 김 부장이 나오기만을 초조하게 기다렸다. 한 시간이 지났을 무렵, 김 부장이 굳은 표정으로 나타났다.

경찰서에 도착하기 전 마을사람들이 국경지역을 향하고 있는 우리를 이미 신고한 상태였기에 공안은 좀 더 자세히 조사할 것이 있다며 가지고 있던 여권을 수거하고 인근부대로 우리를 압송했다.

부대에 도착했을 때 초병들은 TV 앞에 모여 그들만의 대화를 나누고 있었다. 그들은 우리들이 서로 말하지 못하도록 거리를 두고 의자에 앉게 한 다음 가끔씩 우리 쪽에서 수상한 소리가 날 때 매서운 눈초리로 쏘아보곤 했다. 한동안 침묵이 흘렀다. 저들에게 침묵은 한가로움이겠지만 나에게는 침묵이 심상치 않은 상황을 예고하는 경보음이었다. 조사를 받을 경우 카메라를 보지 못하도록 배터리를 방전시키고 가방에 있던 테이프 중 몇 개를 몸속으로 숨겼다. 강 사장도 중요한 문서들을 조심스럽게 버리는 중이었다. 가끔씩 물건이 떨어지는 소리나 옷이 스치는 소리가 자주 났는데 그때마다 초병들이 눈치 채지 못하도록 헛기침을 했다. 배터리는 전부 세 개였고 두 개는 화장실 가는 길 옆 눈 속에, 다른 하나는 화장실에 빠뜨렸고 충전기 코드는 화장실에서 돌아온 직후 스팀 옆 바깥에 버렸다.

　초병들의 감시를 받는 동안 김 부장은 이곳에 왜 왔는지에 대해 집중적으로 조사를 받았다. 의심받을 만한 물건들을 처리하고 있을 때 불쑥 한 명의 장교가 사무실 안으로 들어 왔다. 수상한 행동을 하고 있지는 않은지 확인하듯 우리를 슬쩍 한번 보더니 초병 중 한 명에게 뒤쪽에 있던 탁구대를 중앙으로 옮기라고 한 후 그와 함께 탁구를 쳤다.

　잠시 후, 그가 내게 다가와 탁구 칠 것을 제안하는 것이 아닌가? 순간, 당황하긴 했지만 나를 포위하고 있는 경직된 분위기를 풀기 위해 그의 제안을 받아 들였다. 몸을 움직이니 기분이 한결 나아졌고 웃을 수 있는 여유까지 생겼다. 한참경기에 집중해 스파이크를 하려는 순간 몸속에서 테이프 하나가 떨어졌다. 별 것 아닌 것처럼 웃어 보이며 테이프를 주우려고 허리를 굽힐 때 나머지 두 개의 테이프가 떨어지는 것이 아닌가!

　그가 다가와 무엇인지를 물었다. 여행용 카메라에 들어가는 테이프라고 했지만 뭔가 눈치를 챈 듯 급하게 밖으로 나갔다. 급한 마음에 테이프를 깊숙한 곳에 숨기지 못한 것이 잘못이었다. 좀 전까지 막연하게만 느꼈던 불안감의 실체가 본색을 드러내는 것 같아 몸이 심하게 떨렸다. 깊은 한숨을 쉬고 눈을 감아보았지만 한번 들어온 불안은 좀처럼 밖으로 나가지 않았다. 김 부장이 조사를 마치고 사무실로 들어 온 후, 강 사장과 나는 조사를 받기 전에 서로 입을 맞추기로 했다. 이 곳에는 여행 겸 시장조사를 하기 위해 여러 곳을 다니다 길을 잃어 그만 여기까지 오게 됐다고……. 궁색한 변명이었지만 그것이 최선이었다. 조사를 받기 위해 사무실에 들어갔을 때 젊은 장교가 돌부처처럼 앉아 있었고 분위기는 생각처럼 무겁지 않았다. 김 부장을 통해 대략적인 내용을 들어서인지 그의 표정은 잘못을 추궁하기 위한 엄한 표정이기보다 무엇을 알고 싶어 하는 호기심 어린 표정이었다.

모든 조사가 끝났을 때 시계는 12시를 가리켰다. 초병이 숙소로 안내했다. 식사대용으로 가져다 준 빵과 뜨거운 물을 마시면서 오늘 있었던 일에 대해 김 부장의 상세한 설명을 들었다. 군인들은 우리가 탈북자를 돕는 사람들인지 알고 있었지만 약간의 뇌물만 주면 풀려날 수 있다고 말해 긴장했던 마음이 풀렸다. 잠자리에 들기 전, 다시 한번 탈북자들과의 이별장면을 떠올렸다. 어둠만이 지배하는 광활한 벌판에서 헤어지기 직전 진일 씨의 한마디가 마음에 깊게 울렸다. "살아서 한국에 갈 수만 있다면 당신과 평생 친구가 되고 싶습니다."

깊은 새벽,

갑자기 쿵하는 소리가 들리더니 군인들이 숙소로 들어와 급하게
김 부장을 깨웠다. 나는 워낙 피곤한 상태였던지라 잠시 뒤척이다
다시 잠이 들었다. 날이 밝고 떠나기로 한 시간이 지났음에도 김
부장은 오지 않았다. 가까스로 정리한 마음이 다시 초조해졌다.
 '일이 잘못되지 않고서야 새벽에 나간 사람이 아직까지 들어오지
않을 리가 없는데…….
혹시 그들이 붙잡힌 것은 아닐까?
붙잡혔다면 어디서 몇 명이나 잡힌 거지?
그럼 그들은 어떻게 되는 거야? 그리고 우리들은?
아냐!
붙잡히지 않았을 거야!
다만 우리들이 떠나는 문제로 이곳 군인들과 약간의 마찰이 있는
걸 거야!
맞아.
그게 맞을 거야…….'
바깥공기도 쐴 겸 밖을 나서는 순간 머릿속이 아득해지고 무언가
얹힌 듯 가슴이 답답해졌다. 저 앞에서 군인들과 함께 철민씨의 아
내와 경희가 걸어오는 것이 아닌가!
그토록 기도하고 소망했었는데…….

비록 아는 체를 하지 않았지만 서로에게만 통할 수 있는 눈인사를 교환하고 숙소로 돌아오자마자 이 사실을 강 사장에게 알렸다. 그의 표정은 여러 번의 전쟁을 치른 장수처럼 큰 동요를 보이진 않은 채 담담한 표정을 지었다. 나의 마음이 이렇게 안타까운데…….

당사자들의 마음은 얼마나 아프고 힘들까!!

그제야 새벽에 군인들이 김 부장을 데려간 이유를 알았다. 예상했던 시간표에 조금씩 균열이 생기자 그 틈 사이로 온갖 종류의 근심들이, 나를 향해 돌진해왔다.

새해 아침은 가족들과 함께 보내고 싶었는데…….

근심을 잊기 위해 잠을 청했지만 시끄럽게 떠드는 초병들 때문에 신경이 더욱 날카로웠다. 어제 저녁부터 강 사장이 테이프를 버리라고 한 말이 큰 울림이 되어 마음을 흔들었다. 일을 부탁한 김 선배와의 약속도 지켜야 하지만 어느새 분신이 되어 버린 테이프를 차마 버릴 수가 없었다. 그렇다고 안 버릴 수 도 없는 난감한 상황이었다.

'상황을 좀더 기다릴 것인가?

아니면 버릴 것인가?

도대체 이럴 때 어떻게 해야 되지?

어느새 탈북자들을 찍은 테이프에 관해 내 안의 또 다른 자아와

치열한 논쟁을 벌였다. 초병에게 부탁해서 대변을 보는 척하며 테이프를 버리려고 상황을 지켜봤다. 아래를 보니 추운 날씨 탓에 배설물이 꽁꽁 얼어 있었고 밖에서 기다리는 초병은 먼 산을 바라보며 노래를 흥얼거렸다. 테이프 하나를 버리는 순간 탁하는 소리가 크게 났다. 다행히 초병은 그 소리를 듣지 못한 듯 하다. 무사히 버리고 왔음에도 이별장면이 담겨 있는 8번 테이프는 미련이 여전히 남았다. 고민 끝에 다시 찾아와야겠다고 결심을 하고 오후에 다시 화장실엘 갔다. 밑을 바라보니 하나의 테이프만 보였다. 8번 테이프였다! 그런데 저걸 어떻게 건져 올리지? 손을 뻗어보았지만 닿지 않았다. 궁리 끝에 초병에게 바지를 내리다가 실수로 소지품을 빠뜨렸는데 좋은 방법이 없겠는지를 물었고 잠시 후 어디서 빗자루 하나를 구해왔다. 그걸 이용해 어렵게 테이프를 건져 올렸다. 바닥이 얼어 있었기에 테이프의 손상은 전혀 없었지만 무릎에 먼지가 많이 묻었고 손에는 약간의 냄새가 났으나, 전혀 문제가 되지 않았다. 오히려 사랑하는 사람과의 재회처럼 기분이 좋아 소리라도 지르고 싶었다!

저녁 무렵, 본격적인 수사가 진행됐다.

부리부리한 눈, 까무잡잡한 피부, 스포츠형 머리를 한 제법 노련해 보이는 40대 중반의 공안이 어제 그 자리에 앉아 있었다.

"우리는 중화인민공화국 내몽고 자치구역에서 나온 공안입니다. 당신을 중화인민공화국 형사소송법에 근거하여 심문하겠습니다. 당신은 변호사를 선임 할 권리가 있으며 사실과 관련되지 않는 질문에는 답하지 않을 권리가 있습니다. 오직 당신은 실사구시에 의거해 답을 해주시기 바랍니다."

심문은 약 1시간가량 진행되었다.

'태어나서 처음으로 TV나 영화에서 보아왔던 형사와의 심문을 그것도 낯선 중국에서 받다니……. 그럴 줄 알았으면 유심히 봐 두었을 것을…….'

낯선 상황을 어떻게 대처해야 할지 몰라 마음이 크게 위축되었다. 그것을 숨기기 위해 따스한 물 한잔을 부탁했다. 그렇게 마신 물이 다섯 잔이나 됐다. 순조롭게 진행되던 조사가 붙잡힌 탈북자들을 아느냐는 질문에서 꼬였다. 그들을 모른다고 태연하게 잡아뗐지만 형사의 눈초리가 심상치 않았다 한참을 쳐다보더니 다시 한번 잘 생각해보라고 했다. 반복되는 질문에 여전히 그들을 모른다고 부인했다. 만약 그들을 안다고 하면 상황은 더욱 복잡해지기 때문이다. 의심의 눈빛을 그대로 간직한 채 형사는 더 이상의 질문을 하지 않았다. 조사가 끝난 후 내용이 맞는지 통역을 통해 진술한 내용을 다시 들려줬다. 손에 인주를 묻히더니 진술한 부분 중간 중간에 지문을 찍었다. 마음이 착잡했다. 생전 처음 받아보는 경찰조사라서 모든 것이 낯설었고 진술에도 상당한 위증이 있었기에 어떤 일이 벌어질지 자신이 없었다. 저녁도 먹는 둥 마는 둥 그저 지금이 꿈이었으면 하는 것과 이곳을 한시라도 빨리 나가고픈 마음뿐이었다. 불길한 상상의 포로가 되었을 때 공안이 갑자기 들어오더니 우리를 일어서게 하곤 한 사람씩 온 몸을 샅샅이 뒤졌다. 그토록 바라지 않던 최악의 상황이 온 것이다! 분신과도 같은 테이프가 빼앗기는 걸 보고만 있을 수 없어 강 사장이 몸수색을 받는 동안 테이프를 베개 속으로 숨겼다. 강 사장은 수중에 갖고 있던 상당한 양의 달러와 중국 돈, 비디오카메라, 성경책을 빼앗기고 철민씨는 신발 밑창에서 탈북자들의 위조 신분증 등을 압수당했다. 내 차례가 되었을 때 테이프를 숨기는 것을 말없이 지켜보았던 젊은 초병이 베개 속에 숨겨 놓았던 테이프를 공안에게 보여주는 것이 아닌가!

그의 눈빛이 차갑게 변했다. 가장 은밀한 부분이 노출 당한 것 같은 수치감에 나도 모르게 욕이 나왔다.

"에이 시팔, 될 대로 되라……."

물건을 압수한 후 준비된 각각의 차에 우리를 태웠다. 잠시 후 굳게 닫힌 문 앞에 차가 멈췄다. 닫힌 철문 앞에서 공안이 조용한 호수에 파문을 일으키듯 문을 세게 두드렸다. 잠시 후 지옥문이 열리는 것처럼 육중한 철문이 천천히 열렸다. 그 곳 책임자와 무슨 이야기를 하더니, 간단한 조서를 작성하고 옆에 있던 두 사람이 더 이상 빼앗길 것도 없는 우리 몸을 다시 한번 샅샅이 뒤지기 시작했다. 그들은 끈으로 보이는 모든 것들을 압수했고 갖고 있던 가방, 지갑, 목도리 등 나머지 소품을 압수했다.

최소한의 복장과 그들이 제공해준 이불 하나씩을 지급 받고 일렬 종대로 어딘가를 향해 걸어갔다.

그곳은 바로 감옥이었다.

영화에서 보기만 했던 감옥 속으로 지금 들어가고 있는 것이다!

불과 며칠 전까지만 해도 자유인이었는데 범죄자로 전락하다니…….

그 간격은 한국과 중국의 수천 킬로미터 거리와 비교할 수 없는 깊고 넓은 거리감이었다. 기다란 복도사이로 작은 빛이 새어나오는 방들이 배고픔에 굶주린 성난 사자처럼 우리가 들어오기만을 기다렸다. 김 부장은 3호, 나는 5호, 철민씨는 6호, 강 사장은 7호실로 빨려 들어갔다. 방에 들어서는 순간 정신이 번쩍 들었다. '이곳이 바로 감옥이구나!!' 라는 낯설음과 '세상에 내가 감옥에 들어오다니'

라는 기막힘에 정신이 몽롱했다. 말문이 막힌 것은 나만이 아니었다. 그 방안에 있던 죄수들도 문이 열리자 일제히 눈이 휘둥그레진 채 나만 바라보았다. 순간, 모든 것이 정지된 느낌이었다. 살면서 이렇게 강렬한 시선을 집중적으로 받아본 것은 처음이다.

처음 접하는 환경이라서 어떻게 해야 할지 다음 행동이 전혀 기억나지 않았다.

지금 시각은 새벽 1시.

그것도 말이 통하지 않는 외국 놈이 떡 나타나 자기들 앞에 있으니 그들도 어떻게 대처할지 난감해 했다. 그렇게 서로간 기선제압용 눈싸움을 벌이고 있을 때 누군가의 눈짓에 의해 무리 속에서 한 소년이 바닥에 내려와 옆에 있는 다른 무리들 속으로 슬그머니 들어갔고 나 또한 누군가의 눈짓에 의해 본능적으로 그의 빈자리를 채웠다. 여전히 그들은 나를 빤히 바라보았고 몇 마디 말을 시켜도 별 반응이 없자, 약간의 수군거림 후 그들만의 평상심을 되찾은 듯 방안이 조용해졌다. 그 사이를 틈타 재빨리 이불 속으로 깊숙이 몸을 숨겼다. 탈북자들과 함께 헤어진 이후부터 지금까지 일어난 모든 일들은 꿈만 같았다. 이 곳에 있다는 사실이 도저히 믿어지지 않았다.

내가 이렇게 당황스러운데 다른 사람들은 어떨까? 철민씨는 사랑하는 가족과 눈앞에서 헤어졌으니 얼마나 마음이 참담할까? 나는 이

곳을 나가면 사랑하는 가족들이 기다린다지만 탈북자들은 중국과 북한 모두에게 환영받지 못하는 골치 아픈 불청객이 아닌가? 그들이 넘지 말라는 국경을 넘고 만나지 말라는 남한 사람을 만났으니 그 대가로 북한이 그들에게 과연 무엇을 줄 것인가? 생각만 해도 아찔하다. 특별히 아직 세상구경을 하지 않은 만삭의 몸 안에 있는 저 아이는 이런 상황을 알기나 한 것일까?

그저 오래도록 뱃속에서 나오지 않았으면 좋으련만……. 다른 사람들의 힘든 사정을 생각하니 내 처지에 대한 절망감이 줄어들고 지금의 처지도 참 다행이구나 하는 감사의 마음이 새어 나왔다. 현실을 잊기 위해 감았던 두 눈에서 어느새 다른 이의 안전을 기원하는 기도의 심정으로 조금씩 바뀌어 가고 있었다.

첫 경험

12월 31일 일요일

태어나서 한번도 경험해 보지 못한 형무소 생활의 첫날!!

세상은 온통 어둠만이 존재할 거라는 어제의 믿음을 깨고 날이 밝았다. 이미 누군가가 일어나 있었고, 그의 지시에 따라 이불을 정리하고 세수를 했다. 잠시 후 사람들이 하나 둘씩 일어나서 체조를 하고 흘깃 쳐다보고는 이빨을 닦았다. 세수를 마친 후 현미경으로 곤충을 해부하듯 자리에 앉아 본격적으로 나를 살피기 시작했다. 여드름의 흔적이 가시지 않은 거친 피부에 다소 상기되어있는, 그러나 애써 태연한 척 하려는 '얼굴'을 시작으로, 비싼 재질을 사용한 혐의가 짙은 '갈색 가죽 잠바'를 거쳐, 흙이 사방에 어지럽게 묻어 있는 '구리 색의 신발'까지 탐색이·다 끝났다고 판단이 되었을 때 어제 옆에서 잠을 잤던 친구가 말을 걸어왔다. 무슨 말을 해도 통 반응이 없자, 그가 답답했는지 벽에다 글과 숫자를 썼다. 자신의 이름과 나이인 듯했다. 단유진, 29세. 콧수염을 기르고 목소리가 큰 그의 이름은 문신처럼 그렇게 각인 되었다.

　그와 대화를 나누는 동안 경계심이 해제된 예닐곱 명의 다른 시선이 내게 집중되었다. 제스처를 써가며 어설픈 중국말을 하는 한국놈이 퍽이나 인상적이었는지 단유진은 그곳에 모인 사람들도 좋은 친구라며 안심을 시키듯 이름과 나이, 죄목까지 상세히 알려주었다. 장기간의 신경전으로 갈것 같았던 상견례는 단유진의 호쾌한 웃음 한방에 싱겁게 끝났다. 그런 그들이 고마워 자리에 일어서서 '아리랑'을 불렀다.
　"아리랑, 아리랑, 아라리요, 아리랑 고개를 넘어간다. 나를 버리고 가시는 임은 십리도 못 가서 발병 난다……."
　기습적인 일격을 맞은 그들은 큰 소리로 웃기 시작했다. 어떤 친구는 어설프지만 아리랑을 따라 부르기까지 했다. 단유진이 내 가죽점퍼와 안경을 쓰고 마당을 천천히 돌면서 장쩌민 흉내를 냈다. 그들의 관심이 나 자신에서 갖고 있는 소유물로 자연스럽게 이동했다. 그들의 행동을 지켜보면서 비로소 참 좋은 것을 가지고 있었구나를

깨달았다. 그러나 내가 가진 것이 어찌 잠바와 신발뿐이랴. 사랑하
는 가족과 친구들. 아무런 제약없이 누려왔던 자유와 물질적인 풍
요. 마치 숨쉬는 것처럼 함께 있으면서도 나를 지키고 있는 유, 무형
의 재산들이 머리에 떠올랐다. 벽에 기대어 있을 때 지충루가 반가
운 표정으로 '니 하우'라며 인사를 했다. '굿모닝' 하며 화답을 해주
니 그가 다시 나에게 '셰셰'라고 답했고 다시 '땡큐'라고 받아 주었
다. 그 말이 마음에 들었는지 그는 '땡큐'라는 말을 여러 번 반복했
다. 그가 나의 이름대신 '땡큐'로 부르려는 모양이다. 이들과 어울
리다 보니 칼바람이 몰아치는 겨울이었던 마음이 화사한 꽃이 만발
한 봄으로 조금씩 바뀌어 가는 듯 했다.

1월 1일 월요일.

　새해 첫 날.

　월요일임에도 주말 분위기가 난 것은 새해 첫날이라고 아침부터
TV가 방송된 탓이다. 그러나 내 마음은 TV속의 세상만큼이나 밝지
못하다. 보고 싶은 가족들과 함께 시간을 보낼 수 없기 때문이다. 그
런 기분을 알았는지 단유진이 장난을 걸어왔다. 그에게 한국에서 즐
겨하던 007 게임을 가르쳐 주었다. 하나하나의 동작을 취할 때마다

아이처럼 크게 웃으며 무척 재미있어 하는 그가 하쯔은과 종자오링을 끌어 들였다. 큰 소리로 웃고 떠드는 모습이 신기했는지 사람들이 우리 주위로 모였고 한바탕 웃음소리가 형무소 안에 소나기처럼 울렸다.

모두 낮잠을 자는 동안 잠이 오지 않아 마당을 걷고 있는데 후치산이 조용히 부르더니 주머니에서 무언가를 꺼냈다. 콜라 캔 껍질로 만든 털 뽑는 도구였다! 수염을 깍지 않아 길게 자란 모습이 안 돼 보였던 모양이다. 그의 무릎에 누워 눈을 감았다. 햇살이 가득한 형무소 안은 조용하면서 고국의 내 집 만큼이나 평온했다. 털을 깎아 본 적은 있지만 털을 뽑아 본 적은 없었기에 뽑힐 때마다 신경의 건드림이 낯설고 참기 힘들었다. 그것은 내 안에 견고하게 자리 잡고 있는 무언가가 뿌리 채 뽑히는 고통이었다. 중요한 작업을 하는 사람처럼 진지한 표정의 그를 보면서 이제껏 경험해 보지 못한 인간에 대한 감동을 느꼈다. 그는 부처와 같은 따스한 미소를 지어 보이며 30분을 미동도 하지 않은 채 그렇게 내 수염을 뽑았다. 그의 작업이 끝나자 이번엔 하쯔은이 흰머리를 뽑아주겠단다. 그도 최선을 다하기는 마찬가지였다!

어찌 보면, 이들의 모습은 무료한 시간을 보내기 위한 소일거리에 불과할지 모르나 나에겐 신선한 충격이었다. 누군가를 돕는다는 것, 그래서 사람의 마음을 움직인다는 것이 일상의 작은 일에서 얼마든지 가능하다는 것을 이들을 통해 새롭게 깨닫는다. 그렇다면 나는 이들에게 무엇으로 도움을 줄 것인가? 곰곰이 생각해 볼일이다.

그러고 보니 가끔 몸이 아프다고 하는 어머니를 주물러드리곤 했을 때 시원하다며 좋아하셨던 것이 떠올랐다. 안마에 관한 어떠한 전문적인 지식이나 테크닉이 전혀 없음에도 후치산이 나를 대했던 사람에 대한 애정으로 도전해보고 싶었다. 단유진. 그는 흔쾌히 첫 실험대상이 되어주었다.

먼저 바른 자세에서 마음을 안정을 시킨 후 경건한 의식을 치르듯 눈을 감게 했다. 내 안에 허락되어진 어떤 느낌에 충실하여 그의 몸을 만졌다. 어깨를 손바닥 전체로 천천히 주무르고 손등으로 가볍게 쳤다. 등 전체를 주무르고 두드리는 것을 여러 번 반복한 다음 자리에 눕게 한 후, 발바닥 전체를 주먹으로 가볍게 쳐주었다. 신진대사를 원활하게 하여 몸의 피로를 풀어주려 함이다. 한 사람을 안마하는 데 걸리는 시간은 10분에서 15분이 걸렸다.

우리의 몸은 단순한 육체만이 아니라 정신이 담겨져 있는 그릇으로서의 몸이다. 몸을 만지면서 그들을 위해 기도했다. 이들을 향한 주님의 사랑이, 나를 통해 전해질 수 있도록, 그래서 이곳에서의 답답한 마음이 풀어질 수 있도록……. 비록 이들과 의사소통은 되지 않아 힘들었지만 주님이 제자들의 발을 씻기셨던 그 심정으로 몸을 주무르면서 그들을 향한 닫힌 마음은 조금씩 열려가고 있었다.

"한 사람을 섬긴다는 것은 그의 필요를 채워주는 것이고 그의 필요를 채운다는 것은 그의 사소한 부분을 중요하게 여기는 것이다. 결국, 미처 깨닫지 못한 자신의 사소한 부분이 얼마나 소중한 것인지를 새롭게 깨닫게 해주는 것, 그것이 진정 그를 돕는 것이리라!!"

날이 어두워졌다!

가로등 불빛에 자신의 몸을 던지는 나방들처럼 사람들이 본능적으로 TV 앞에 모였다. 별 생각 없이 내몽고 자치 구역 뉴스를 보고 있는데 갑자기 눈이 휘둥그레졌다! TV에서 내 모습이 나오는 것이 아닌가!! TV에서 내 모습을 보는 것은 감옥 체험만큼이나 난생 처음이다. 그것도 낯선 이국땅에서라니……. 내용을 떠나서 그 자체만으로도 당황하지 않을 수 없었고 함께 보고 있던 친구들도 놀라기는 마찬가지였다! 생각해보니 며칠 전, 부대에 붙잡혀 있을 때, 두 명의 남자가 들어와서 카메라로 찍은 일이 생각났다. 그저 군인들이 증거

를 확보하기 위한 요식 행위라고만 여겼는데……. 붙잡힌 탈북자들
의 모습과 그들을 도운 우리 일행들을 한 사람씩 클로즈업해서 보여
주고 탈북자들을 뒷배경으로 중국공안이 기자의 질문에 답하는, 그
날의 톱 뉴스였다.

　"12월 29일 새벽, 국경지대인 둥치에서 북한 주민 12명이 국경선
을 넘으려다 붙잡혔고 이들의 탈출을 도운 조선족 1명과 한국인 3명
이 체포되었다는 내용이었다. TV를 지켜보면서 우리의 행동이 이들
에겐 아주 민감하고 큰 사건으로 비쳐지고 있구나 생각하니 화선지
위에 먹이 번지듯 막연한 두려움이 마음을 오염시켰다.

시간의 포로

2003년 1월 6일 일요일

벌써 일주일이 지났음에도 조사는커녕, 아무런 연락이 없으니 자꾸만 불안해져 마음을 잡기가 쉽지 않다. 방금 전, 오물통을 비우고 들어오려는데 간수가 내 이름을 불렀다. 그저 이름을 불러 주었다는 사실만으로도 반갑고 기분이 좋았다. 이제 조사를 시작하려나 보다. 그가 이끄는 대로 사무실 안에 들어가 보니 이미 다른 일행들이 와 있었다. 철민씨는 상기된 표정으로 나를 바라보았고, 강 사장은 수염을 깍지 않은 탓에 조금은 야위어 보였다. 둥치 간수가 조선족 죄수를 통역 삼아 간단한 통성명을 물었다. 신분을 확인 한 뒤 그가 이곳에서 적어도 한 달을 더 보내야한다는 사실을 통보했다!

아니 마른하늘에 날벼락도 유분수지!! 하루도 힘든데 한 달을 더

견디라고? 간수의 폭탄선언에 머리 속이 아득해졌다. 24시간 안에 가족들에게 신변을 알릴 수 있음에도 왜 연락을 해주지 않느냐고, 보름이상 아무런 소식도 없이 집나간 자식을 애타게 기다리는 부모 님의 심정을 한번 생각해 본적이 있느냐고 강력하게 항의했다. 그는 자신의 권한으로는 부탁을 들어줄 수 없으니 변방에서 형사들이 오 면 그때 말하라며 책임을 회피했다. 머리끝까지 화가 치밀어 발에 온 몸의 증오를 모아 문을 세게 차버렸다. 방에 와서도 한참을 서성 이고 이불을 뒤집어 써보기도 했지만 답답한 마음은 풀리지 않았다. 이러다 정말 인생 낙오자가 되는 것은 아닌가 하는 생각에 잘 버텨 왔던 중심이 와르르 무너졌다. 마치 마약 중독자가 약이 없을 때 돌 아 버리는 것처럼, 물고문을 당할 때의 갑갑함처럼, 영혼을 조여 오 는 답답함에 숨이 막힐 지경이었다. 한국에 있을 때의 시간들이 얼 마나 소중했는지를 절절히 깨닫고 있다. 급기야 하나님을 향한 가시 돋친 불만이 터져 나왔다.

  '무슨 잘못을 했다고 왜 이렇게 내 인생은 꼬이기만 합니까? 제기 랄……. 선한 마음으로 남을 돕는 사람도 지켜 주지 못한다면 누 가 하나님을 믿겠습니까?'

  불만은 꼬리에 꼬리를 물고 하염없이 마음에 상처를 내고 있었다.

  말도 안 통하는, 그것도 강도와 살인을 일삼는 험악한 죄인들과 하루 24시간을 함께 지낸다는 것도 끔찍한 일이다. 얼마나 더 버텨야 하는지 그 날짜만 알 수 있다면 이렇게까지 힘들지는 않을 텐데……. 도대체 이 상황을 견딜 수 있는 힘을 어디서 찾아야 하나? 자기연민에 허우적대고, 심한 무기력에 빠져버린, 지금의 나는 과연 미쳐버리지 않고 제정신으로 이곳을 나갈 수 있을까? 이 모든 것을 혼자서 정신력으로 견뎌 내야 한다니, 이야기를 하고 스스로 그 이야기를 들어주고 거기에다 쓰러지지 말라고 위로까지 해야 한다니, 제발 눈을 감았다 뜨면 이곳이 한국이었으면 정말 좋을 텐데…….

1월 7일 일요일

갈 길은 멀고 지내기는 힘들어서 유일한 출구로 잠을 선택했다. 잠깐이나마 현실을 잊을 수 있기 때문이다. 보통 수면시간은 8시간 정도인데 자고 나면 정말 개운하고 상쾌했다. 자세한 기억은 나지 않지만 깨어나는 것이 아쉬울 정도로 꿈속의 시간은 달콤했다. 그런데, 오늘 아침의 꿈은 눈뜨자마자 그 느낌이 너무나 생생했다. 어떤 영감을 받은 느낌이 든다.

오늘 꾼 꿈은 '길 위의 노래' 라는 한 편의 단편 영화 스토리이다.

첫 화면은 크고 푸른 나무숲이 우거진 한적한 시골의 도로 위에

한 쌍의 남녀가 자전거를 타고 가고 어머니와 어린 여자아이가 걸어가고 있는 장면이 풀 샷으로 먼 위치에서 한 쇼트 안에 들어온다. 자전거가 화면 밖으로 사라지면 '길 위에 노래'란 제목이 뜨고 화면 위로 부드럽고 정갈한 쇼팽의 피아노 소품이 흐른다. 그것을 배경으로 서로 사랑하고 있는 남녀가 자전거를 타고 가는 장면이 나오고 섬세하게 그들의 사랑을 나누는 모습이 클로즈업된다. 미소 짓는 남자의 얼굴, 뒤에 기대어 바람에 흩날리는 여자의 검은 생머리, 머리카락을 따라 눈을 감고 있는 그녀의 얼굴이 클로즈업된다. 남자의 손, 여자의 신발, 풀잎사이로 부서지는 따스한 햇살, 굴러가는 자전거 바퀴, 함께 듣고 있는 워크맨의 테이프가 돌아가는 모습, 헤드폰 줄을 천천히 따라 올라가면 음악을 듣고 있는 남자의 뒷모습과 가로수 사이가 늘어선 길이 보인다. 옆에서 이들의 모습을 풀 샷으로 트레킹 한다. 작품의 주제는 사랑의 현재성과 그것의 유쾌함이다. 그리고 중간 중간에 흑색스틸 사진을 인서트해서 현재의 상황을 과거화 시킨다. 결국 행복한 순간을 온전히 느끼려면 현재를 과거의 한 때처럼 느끼면 된다는 메시지를 주고 싶다! 이제 음악이 종반부분에 이르면 이들의 뒷모습을 멀리서 풀 샷으로 잡고 화면이 어두워지고 잠시 후 다시 화면이 밝아지면 저 멀리서 어머니와 서 너 살 된 아이가 걸어오는 모습이 보이고 걸어오면서 어머니가 아이에게 자신의 어머니가 자기에게 가르쳐 준 노래를 딸에게 가르쳐준다. 어머니가 한 소절 부르면 아이가 따라 하는 식으로 음정 박자 등을 틀리지 않도록 자상하게 가르쳐 준다. 이 장면은 원 신 원 컷으로 찍고 중간 중간에 어머니와 딸의 표정을 인서트 한다. 시간이 흐르면서 제법 따라 부르고 화면 가까이 왔을 때는 어머니와 함께 자연스럽게 그 노래를 함께 부르며 화면 밖으로 사라진다.

이 작품은 사랑하는 남녀와 부모 자식간의 관계를 예술이 깊고 풍요롭게 해준다는 메시지를 담은 작품으로 길은 인생을, 노래는 예술의 의미를 담고 있다.

이것과 함께 또 하나 새롭게 떠오른 영감은 지금 내가 겪고 있는 감옥생활을 글로 남겨야겠다는 것이다. 어찌 보면, 지금의 일들은 생각하기도 싫은 힘든 상황이지만, 이런 경험을 어찌 다시 해보겠는가? 그런 생각으로 사람들을 보니 그들이 달라 보였다. 사람들과 담쌓고 자꾸 자기 속으로만 들어가려 했는데 이 글을 쓰기 위해서라도 그들의 말과 몸짓 하나와 이곳에서 벌어지는 여러 에피소드들을 관심 있게 지켜볼 필요가 생겼다.

'기록은 기억보다 앞선다' 는 말처럼 아무리 기억력이 좋아도 시간이 지나면 그 때 생생하게 느꼈던 감정의 상태를 보관할 수가 없다. 그러나 아쉬운 것은 이 곳에선 책을 읽거나 글을 쓴다는 것이 허용되지 않는다는 점이다. 그래서 나름대로 생각한 것이 그들의 현재형의 모습을 과거형으로 옮기면서 머리 속으로 소설을 쓰는 것이다! 예를 들면, 보친로가 지금 마루를 거닐면서 노래를 부르고 있다면 그는 간혹 집 생각이 날 때면 마당을 거닐며 노래를 부르곤 했다 이런 식으로 생각하는 것이다. 사실 난 전문적으로 글을 쓰는 사람이 아니다. 좋은 글이란 다양하고 풍부한 지식과 뛰어난 문장능력이 필요하지만 난 그런 사람들과는 거리가 있다. 어떻게 수 백 페이지에 달하는 글을 쓸 것이며 그 만큼을 채울 수 있는 일들이 과연 벌어지기나 할까? 또한 이런 이야기들을 독자들의 관심과 흥미를 끌 수 있는 글로 제대로 포장할 수 있을까? 그러나, 인생에 단 한번 밖에 경험 할 수 없는 일을 글로 기록해 두면 시간이 흘러서도 그 글을 읽을 때마다 과거의 일들을 현재처럼 생생하게 느낄 수 있지 않을까?

더욱이 소중한 시간을 헛되이 낭비하지 않기 위해서라도 뭔가 생산적인 일이 필요하다면 글을 쓰는 것만큼 생산적인 일은 또 어디 있단 말인가?

그래, 글을 쓰는 것은 누구를 위해서가 아니라 바로 나 자신을 위해서, 소중한 현재를 값지게 보내기 위해서 필요한 작업이다! 이제부터는 눈을 크게 뜨고 모든 것을 마음과 머리에 담아두자. 먼 훗날,

지금의 경험이 누군가에게 도움이 될 수만 있다면……. 세월을 아끼자!! 이들을 향한 애정 어린 시선으로 적극적으로 어울리고 친구가 되자.

Welcome to prison's world!!

1월 8일 월요일

내가 머무르고 있는 이 곳 감옥의 구조는 마루와 침실이 반으로 나누어 졌으며, 나무로 된 바닥은 주황색으로 페인트칠 되어 있다. 왼쪽 벽엔 중국어, 오른쪽 벽엔 몽고어로 수감자가 지켜야 할 열 가지의 의무조항이 붙어 있으며 왼쪽 벽면 아래로 가로 25cm, 세로 30cm의 삼단의 간이 부엌이 있다. 부엌 맨 위엔 각자의 수건이 정렬되어 있고 가운데는 식사할 때 사용할 수 있는 컵이, 아래 칸은 라면과 밑반찬이 담겨있는 그릇통이 있다. 문 오른쪽 옆엔 갈색의 교탁과 '70년대 풍의 낡은 TV가 있으며 오른쪽 벽면 아래엔 배설할 때 사용되는 오물통과 빨래할 때 사용되는 빨간색 양동이와 세수용도의 흰색 양동이가 형제처럼 나란히 배열되어 있다. 침실용도의 마루

뒤엔 하늘을 볼 수 있는 큰 창문이 나있고 세수용도의 물을 공급해 주는 스팀시설이 되어있다. 잠자리의 위치는 이곳에선 서열을 의미하는데, 왼쪽부터 이라터, 유지광, 종자오링, 지충루, 단유진, 바닥은 후치산, 보친로, 하쯔은이 잠을 잔다. 그럼 나는? 나는 단유진과 지충루 사이에서 불안한 새우잠을 자고 있다.

이곳의 아침을 여는 사람은 지충루다!

그는 마흔 셋의 나이가 믿어지지 않을 정도로 유연한 몸과 탄력 있는 피부를 유지했는데 그 비결은 부지런함과 꼼꼼함에서 비롯된 듯 하다. 그는 새벽 5시에 일어나서 중국 특유의 기체조를 한다. 특별히 얼굴의 피부근육을 푸는 것에 신경을 많이 쓰는 그는 매일 아침 다른 사람들을 위해 따스한 물을 양동이에 미리 받아 놓는다. 이것은 일찍 일어나지 않으면 알 수 없는 숨겨진 진실인데 이러한 진실들이 모여 감옥의 답답함을 환기시키고 정상적인 인간으로 살아가게 하는 힘을 제공하는 듯 하다. 나는 그의 기척을 들으며 눈을 뜨고 그가 하는 대로 침구정리와 체조를 한다.

세수할 때의 물의 양은 작은 바가지로 딱 한번 사용한다. 세수 할 때는 하늘색 플라스틱 대야를 사용하고 세수한 물은 수건과 양말을 빨 때 사용하기도 하는데 빨래를 하려면 사용했던 물은 반드시 빨간

대야로 옮겨야 한다. 하루가 시작되는 시간은 여섯 시이고 세수를 마치면 각자에게 주어진 일을 한다. 나이가 제일 어린 보친로는 식사를 위해 그릇을 깨끗이 씻고 후치산은 바닥을 쓸고 닦으며 나는 피곤해 하는 사람들의 어깨를 주물러 준다. 대부분의 사람들은 카드로 시간을 보내지만 카드를 하지 않는 사람들은 마루를 거닐거나 가벼운 담소를 나눈다. 아침식사는 8시 30분. 귀를 문에다 바짝 갖다 대고 복도에서 식사가 오기를 기다리는 보친로가 사인을 주면, 하던 일을 멈추고 식사대형으로 삼삼오오 모인다. 식사는 유지광을 중심으로 모이는데 왼쪽으로 종자오링, 지충루, 오른쪽으로 이라터, 단유진, 보친로등 여섯 명이 식사를 하고 나머지 세 명 즉, 후치산,하쯔은과 나는 열외로 마루에 앉아 식사를 한다. 식사는 아침과 저녁 두 차례 배급되고 음식은 밀가루 빵과 뜨거운 물이 전부다. 여섯 명은 모든 음식을 나누지만 세 명은 단지 빵과 물만 먹어야만 한다. 빵은 맛 자체가 없기 때문에 매일 처음 먹는 기분으로 감사함으로 맛있게 먹는다. 식사가 끝나면 보친로가 이 모든 것을 정리하고 후치산이 바닥에 떨어진 음식을 정리한다. 아침 식사 후 그들만의 카드 놀이가 시작되는데, 감옥에서 그들만의 패밀리를 엿보려면 식사시간과 카드 할 때의 모습을 보면 알 수 있다. 그 패밀리 안에 들어 온 사람은 서로 모든 것을 나누지만 거기에 끼지 못하면 사소한 것에도 배척당한다. 즉, 물질을 나누지 않는 사람에겐 마음을 주지 않음을 의미하는데, 나는 카드놀이와 식사시간 어디에도 함께 하지 못하고 있다. 처한 상황의 특수성 때문인지 그들의 카드놀이는 거의 집착에 가까울 정도로 자주, 오래 한다. 거기에 비해 나는, 세 평이 채 되지 않는 좁은 마루를 돌면서 생각에 잠기는 것으로 시간을 보낸다.

이 곳의 이야기꾼은 단연 유지광이다!

혼자 웃기도하고 어떨 때는 진지한 표정을 지어가며 사람들의 이목을 집중시키는 그는 자신이 알고 있는 지식에 대해 장광설을 늘어놓는다. 특별히 그에겐 중국형사 소송법이란 책이 있어 사람들이 자기 형량과 관련해 물어오면 자세하게 일러주곤 한다. 이야기꾼은 그만이 아니다. 단유진과 종자오링 이라터…….

이들은 자신이 살아 온 인생을 재미있는 이야기로 풀어낼 수 있는 독특한 능력을 가진 듯 하다. 가만히 듣다보면 이야기를 하는 사람은 공연을 하는 배우이고 듣는 사람은 관객과 같은 착각을 갖게 한다.

그들은 정말 없는게 없다. 어디에 이런 것들을 숨겨 놓았을까 싶은데, 살짝만 들추면 바늘과 실, 손톱깎이, 종이, 볼펜, 담배가 나온다. 그들만의 방식으로 갇혀 있는 세계 안에서 일상적인 하루를 보내는 그들도 저녁을 무척이나 기다린다. TV를 볼 수 있기 때문이다. 표면적으로는 잘 지내는 듯 하나 그들의 관심은 여전히 바깥세상이다. TV는 그들의 갈구하는 바깥세계에 대한 욕구를 채워주는 최적의 도구이다. 국경지대인 이곳은 중국어와 몽고어가 동시에 사용되고 방송은 중국에서 제작한 프로그램이 방영된다. TV는 70년대 풍의 아주 낡은 것이고 채널은 오직 하나뿐이다! 모니터는 전구와 선이 연결되어 있어 외부에서 일정한 시간에 불을 켜면 자동적으로 나오는 식이다. 몽고 방송의 특징은 광고가 거의 없거나, 있어도 그 수준이 조악하기 이를데 없으며 프로그램의 시작과 끝의 구분이 정확하지 않다는 점이다. 한참을 재미있게 보다가도 갑자기 다른 프로로 바뀌기 일쑤지만 누구도 짜증내는 사람이 없다. 심지어 어떤 프로는 일주일에 두 번 혹은 세 번까지 방송되기도 한다. TV는 5시 30분부터 내몽고 자치 구역에 관한 뉴스가 방송되는데 주 내용은 당 관료들이 행사에 참여하거나 회의를 진행하는 모습이 대부분이다. 자주 보다보면 그 순서를 외우게 될 정도로 단순한 포맷이 반복된다. 6시엔 일본에서 제작된 만화영화 '기동전사 페트레이버'를 몽고어로 더빙한 프로가 방영되고 6시 30분엔 BBC에서 제작한 자연 다큐멘터리를 방송한다. 한국에 있을 땐 지루해서 외면했던 프로였지만 이곳에선 제일 재미있게 본 프로중의 하나다. 7시엔 중국에 공산정권이 수립되는 과정에서 기여한 혁명가나 사상가에 관한 다큐멘터리를 시리즈로 보여주고 8시엔 몽고 전 지역에 방송되는 뉴스가, 8시 30분엔 중국에서 제작된 '세기의 인생'이란 드라마가 방영된다. 줄거리는 1930년대 일본이 중국을 점령했을 때 일찍 남편과 이별한 한 여인이 어린 자녀들을 데리고 온갖 어려움을 극복하고 결국엔 성공하는 서사드라마로 10년 전, 한국을 떠들썩하게 했던 '여명의 눈동자'와 비슷한 느낌의 드라마다. 몽고 TV에서 나오는 70%는 대부분 중국과 유럽에서 제작한 프로이고, 30%만 자체 제작한 방송물인데 주로 뉴스나 대담프로가 그것들이다. 드라마가 끝나는 것을 기점으로 하루가 마무리되는데 그때부터 잠자리를 깔고 잠을 청한다.

이렇게 감옥의 하루는 바쁘지 않지만, 정해진 스케줄대로 흘러간다. 어떤 이는 지겹게, 어떤 이는 '벌써 하루가 갔네' 하는 가벼운 마음으로…… 나에겐 무거운 돌을 반복적으로 들고 올라가는 저주받은 운명의 시지프스처럼 힘든 하루로 느껴질 뿐이다

내 마음에 들어온 태양

1월 9일

　이들과 함께 지내면서 외딴섬 같은 느낌을 강하게 받고 있다. 나는 이들에게 관심의 대상이면서 동시에 경계의 대상이다. 관심의 대상인 이유는 자신들과 다른 언어를 쓴다는 점과 가죽점퍼나 신발은 물론 가벼운 티나 속옷까지 내가 갖고 있는 것에 대한 은근한 부러움 때문이다. 반대로, 그들의 경계의 대상인 이유는 사고방식의 차이에서 비롯된다. 그들은 무심한 척하면서도 나의 걸음걸이, 대변을 보는 모습까지 일거수일투족을 일일이 살피고 문제의 소지가 있으면 지체 없이 배고픈 야수처럼 달려들어 상처를 내는 것을 즐겼다. 특별히 아침 체조 때, 기를 모으는 모습과 자리에 앉아서 눈을 감는 모습이 그들이 싫어하는 '파룬궁'과 닮았다는 이유로 조금이라도 그런 행동을 보이면 '파룬궁, 파룬궁' 하며 손가락질을 해댔다. 그들의 몰이해와 선입견이 그곳에서 견딜 수 있는 중요한 동기 중의 하나를 빼앗아 갔다. 평소 절친했던 단유진과의 관계가 이번 일로 더욱 나빠졌다. 그는 며칠 전부터 가만히 앉아 있거나 잠을 자고 있을 때 툭툭 치고 시치미 떼는 것을 즐기고 있다. 성격상 몸을 부딪치며 치고받는 것을 좋아하지 않는 나로서는 치고받는 것을 즐기는 그의 행동이 여간 부담스러운게 아니다. 갈수록 그의 행동을 모른체하거나 무시하는 경우가 잦아졌고 그런 행동이 그의 심기를 건드렸는지 갈수록 괴롭히는 강도가 심해졌다. 아무 이유 없이 매서운 눈으로 쳐다본다거나, '춘요비' 하며 욕을 한다거나, 간밤에 칫솔이나 바지를 숨겨 놓는 등…….

　우물에 던진 돌멩이가 개구리에겐 생명의 위협을 느끼듯 그에겐 장난에 불과할지 모르지만 나에겐 엄청난 스트레스다. 다른 친구들도 그에 준하는 행동들을 일삼았다. 유지광은 비누를 더 이상 쓰지 못하게 했고 내일부터 후치산 대신 마당을 쓸고 닦을 것을 강요했다. 보친로는 식사 때 자신이 공급해 주는 물을 마음대로 사용했다고 도끼눈으로 쳐다보았고 이렇듯 나의 친구였던 이들이 하루가 다르게 적으로 변해가고 있다. 이 곳에 있는 것 자체도 힘든데, 그들의 집단적인 따돌림까지 당하니 정신적인 스트레스가 극에 달했다. 결국 생존을 위해 그들에게 굴종하지 않을 수 없었고 그들이 시킨 일이라면 부당한 요구도 말없이 들어줘야만 했다. 그 와중에 내 편이 되어 주었던 유일한 친구 하쯔은은 곰처럼 천천히 움직이지만 자상하며 낙천적인 사람이다. 사람들과 잘 어울리는 그가 부러웠고, 모든 사람들이 멀리하는 내게 친구가 되어준 것이 고마웠다. 그렇다면 그만의 비결은 무엇일까? 그는 이 곳 규칙을 단 한번도 어기지 않았다! 누구의 시비나 장난도 즉각적으로 반응하지 않고 너그럽게 봐주는 그는 단유진과 절친한 사이였다. 둘은 보기에 민망할 정도로 심하게 싸울 때도 있었으나 그것은 그저 장난에 불과했다. 이 곳에서 지내는 동안 대부분의 사람들과 다투고 화해했다. 문제의 원인이 나에게 있음을 인정한다. 첫째, 그들은 죄인이지만 나는 죄인이 아니라는 도덕적 우월감에 빠졌었고 둘째, 이곳이 나에겐 짧게 거쳐 가는 여관일지 모르나 그들에게 이 곳은 희로애락을 함께 나누는 집이란 사실을 망각했다. 그들에게 존중받고 싶었다면 나 또한 그들을 존중했어야 했는데. 그들과 다름이 드러났을 때 고치려 하지 않고 방치했던 일들이 부끄럽다. 그들의 눈에는 똑같은 죄수일 뿐인데……. 생각해 보면, 그들은 언어만 달랐지 우리 주변에서 볼 수 있는 평범한 친구이며 이웃이다. 문제의 원인을 그들에게 돌리고 소중한 시간을 헛되이 보낸 것이 후회된다. 과연 그들과 함께 나눌 수 있는 것이 무엇인지 고민해 봐야겠다.

1월 10일

　감옥에 있다보면 자연스럽게 창문에 시선이 간다. 아마도 자유로운 바깥세계에 대한 갈망 때문이리라. 창문을 통해 하늘을 바라보고 있으면 고향생각이 절로 난다. 여전히 하늘은 푸르고 바람은 시원하다. 그런데 오늘따라 태양의 느낌이 너무 따사롭다. 몸만 따스한 것이 아니라 마음까지 따뜻해지는 듯 하다. 몇 해 전, 간밤에 자고 일어나 커튼을 젖혔을 때, 마치 친구가 집 앞에서 반갑게 반기는 그런 느낌의 태양이었다. '아! 그렇구나, 태양이 내가 어디에 있어도 자신의 모습을 보여주는 것처럼 하나님도 어디서든 나와 함께 계시는구나! '

　순간 태양의 따스함이, 나를 향한 하나님의 사랑으로 다가왔다. 상처받았던 감정들, 가족과의 이별로 인한 외로움 등이 눈 녹듯이 사라졌다. 그래. 너무 슬퍼하지 말자. 한국에 있을 때 나를 반갑게 맞이하는 태양이 이 곳의 감옥까지 나를 찾아와 반기는데……

　몇 달 전, 읽은 책 중에서 생각이 바뀌면 행동이 바뀌고 행동이 바뀌면 습관이 바뀌고 습관이 바뀌면 인생이 바뀐다는 말이 떠오른다. 만약 한국에 있었다면 자신을 이렇게 깊게 들여다 볼 수 있는 시간이 있었는가? 지금의 모습에 더 이상 한숨을 쉬지 말고 새로운 변신을 위한 시간으로 현실을 겸허하게 받아들이자.

"해가 뜨는 아침에 주를 사랑하리. 햇빛 찬란한 낮에 주를 찬양하리. 별빛 반짝일 때 주를 사랑하리. 캄캄한 밤에도 주를 나 사랑하리라……."

1월 11일

감옥에 있으면 발달하는 신체 영역 중 하나는 청각이다. 이들은 멀리서 들리는 작은 발자국 소리의 주인공이 누구인지 정확히 파악하며 나도 그들처럼 열쇠 소리만 들어도 하던 일을 멈추고 그 소리가 어디서 끝나는지를 기다리곤 한다. 오늘도 찰랑거리는 소리가 저 멀리서 작게 들려왔다 열쇠 소리가 들리고 우리 방문이 열릴 가능성은 20%이하이고 그 중에서 나를 찾을 수 있는 가능성은 10%미만이다. 그런데 방문이 열리고 간수가 나를 찾은 것이다. 그것만으로도 기쁘고 감사하다. 간수의 지시를 따라 사무실 안으로 들어갔다. 이름과 주소 등 기본적인 몇 가지 사항을 묻고 열 손가락에 일일이 검은색 인주를 묻히더니 문서에 하나씩 찍었다. 벽에 기대게 한 채, 신장, 발의 크기, 눈과 머리카락의 색깔, 얼굴 형태 등 그들은 늘 상대하는 일인 양 자연스럽게 일을 처리했다. 날 불러서 하는 일이 겨우 이런 건가하며 다소 실망했지만 사건처리를 위한 기초과정이니 늦더라도 만족하자며 스스로를 위로했다. 20여분 정도 간단한 조서를 작성하고 방으로 돌아왔다. 여전히 그들은 카드에 푹 빠져있었고 방 안 분위기는 평소와 다름없었다. 그런데 잠을 청하려고 이불을 보니 그 위에 올려놓았던 가죽 잠바가 보이질 않았다. 옆에 있던 지충루에게 물었다. 잠을 자느라 자기는 모른다고 잡아뗐다. 다른 사람들은 뭔가를 아는 눈치였다. 며칠 전에도 단유진이 바지를 몰래 감추었던 적이 있기에 이번에도 그가 의심스럽다. 저녁 무렵 하쯔은에게 단유진이 숨긴 것이 맞는지를 물었을 때 긍정도 부정도 하지 않았다. 다짜고짜 내 잠바 내놓으라고도 할 수 없어 고민 끝에 그에게 새로운 제안을 했다. 만약 잠바를 찾아주면 입고 있는 상의를 주겠다고, 그 말을 들은 단유진은 담담한 반면 옆에 있던 이라터가 가까이 다가와 정말 그런지 몇 번을 물었다. 알고 보니 단유진이 숨긴 잠바를 그가 갖고 있었던 것이다. 한참의 줄다리기 끝에 쑥색 폴라티는 유지광의 옷과 또 다른 회색 옷은 이라터와 바꾸는 조건으로 잠바를 찾을 수 있었다. 그들에게 줄 수 있는 무언가가 있다는 사실, 그래서 그들을 기쁘게 해 줄 수도 있다는 사실, 이곳에 온지 열흘 만에 드디어 친구가 될 수 있는 가능성을 엿보았다. 그 비결은 바로 '나눔'이었다.

심문

1월 12일

2차 심문이 시작되었다. 사무실 안엔 공안 두 명과 통역으로 보이는 70대 노인이 앉아 있었다. 공안은 왼쪽과 오른 쪽에 한 명씩 있었는데 왼쪽에 앉아 있던 젊은 공안은 검문 검색하듯 차가운 시선으로 나를 바라보았고 1차 심문 때 이미 안면이 있던 다른 공안은 통역과 함께 담소를 나누고 있었다. 테이블 위엔 보온병과 세 개의 잔이 놓였는데, 심문을 시작하기 전 공안이 물 한잔을 마셨다. 모락모락 피어나는 수증기를 보면서 마시고 싶은 충동이 일었다. 온기가 담겨 있는 그 컵에 손을 갖다댔다.

따스한 기운이 온 몸으로 퍼지면서 '결코 긴장하거나 떨지 말자, 침착하게 최선을 다하자'고 스스로에게 다짐했다. 사무실은 태양의

따스함이 가득했고 창문 틈으로 마당에 심겨진 앙상한 나무 한 그루
가 보였다.

 통역을 도와주신 분은 작은 체구에 차분하면서도 지적인 음색을
가진 분이셨다. 그 분이 담배 한 대를 권했다. 긴 여정을 나서기 전
에 심호흡을 깊게 할 요량으로 목 깊은 곳에 어색한 연기를 빨아들
였다. 공안은 만년필에 잉크를 깊게 빨아들이고는 심문내용을 적을
노트를 꺼냈다. 양쪽 테이블 사이로 팽팽한 긴장감이 감돌았고 잠시
후 그가 질문의 첫 포문을 열었다.

 - 이름이 무엇인가?
 - 오영필입니다.
 - 직업은?
 - 프로듀서입니다.
 - 나이는?
 - 33세
 - 사는 곳은?
 - 서울시 관악구 봉천 11동 180-000호
 - 고향은?
 - 충청남도 대전시 중구 효동 267번지

- 가족관계는?

- 어머니, 누나, 형이 한 분 씩 있습니다.

- 어머니는 어디에 사는가?

- 저와 함께 살고 있습니다.

- 어머니의 존함은?

- 강자 경자 숙자입니다.

- 나이는?

- 63세

- 누나의 이름은 ?

- 오정숙

- 나이는?

- 39세

- 사는 곳은?

- 전라북도 임실에 살고 있습니다.

- 직업은?

- 가정주부

- 형의 이름은?

- 오동수

- 나이?

- 35세
- 직업은?
- 유학생이며 LG현지 직원입니다.
- 사는 곳은?
- 영국

그는 숙제를 하는 학생처럼 정성스럽게 흰 종이 위에 자주색 파카 만년필로 조서를 작성해갔다. 그가 통역을 통해 묻고 그 통역을 통해 내가 말하는 과정에서 관등성명을 쓰는 것만으로도 1시간이 훌쩍 지나갔다. 심문과정의 비효율성 때문에 시작도 하기 전에 진이 빠졌다. 창 밖은 붉은 노을이 번져 있었고 젊은 공안은 지루함을 이기지 못해 꿈나라로 거처를 옮긴 상태였다. 나를 상대한 공안은 표정하나 흐트러지지 않은 여유 있는 모습으로 제 2라운드에 나와 이번 사건에 관한 본격적인 질문을 던졌다.

- 중국은 언제 왔는가?
- 12월 24일.
- 어디로 왔는가?
- 심양

- 거기엔 얼마나 있었는가?

- 이틀 정도 머물렀습니다.그곳엔 12월 24일에서 26일까지 한류 열풍에 대한 취재를 하기 위해 왔습니다.

- 그 다음엔 무얼 했는가?

- 26일 저녁 5시 40분 차로 연길을 향해 떠났습니다.

- 교통수단은?

- 기차였습니다.

- 연길엔 몇 시에 도착했는가?

- 아마 7시 전후로 기억됩니다.

- 그 다음엔 무얼 했는가?

- 도착해서 강 사장에게 전화를 걸었고 택시 타고 예식장 앞에서 그 분을 만나 아파트에 들어갔습니다.

- 아파트에 들어갔을 때 누가 있었는가?

- 탈북자들이 5-6명 있었습니다. 내가 본 사람은 임신한 부부와 어린아이와 그의 어머니를 보았습니다.

- 당신은 거기서 무얼 했는가?

- 일단 강 사장님의 방에 들어가서 짐을 풀고 잠시 휴식을 취했습니다.

- 밖에 사람들은 무얼 하고 있었는가?

- 부엌에서 아침식사를 준비하고 있었습니다.

- 그밖에 다른 것은 하지 않았는가?

- 글쎄, 안에 있었기에 그들이 무엇을 하고 있었는지는 잘 모르겠
네요.

- 그 다음 무엇을 했는가?

- 욕실에서 세수를 하고 그들과 함께 아침을 먹었습니다. 식사를
마치고 자연스럽게 그들의 모습을 찍었습니다.

- 그들은 구체적으로 무얼 했는가?

- 특별히 기억나는 것은 없어요. 단지 자기 방에서 가족들과 함께
있었고 방에 들어가서 그들이 갖고 있는 소지품을 찍었고 현재
심정이 어떤지를 물었습니다.

- 그 곳에서 다른 곳으로 간 적은 있는가?

순간, 멈칫했다. 잠시 후 태연하게

- 점심때 강 사장과 함께 택시로 20분 거리의 한 식당엘 데려갔
습니다.

- 거기서 누구를 만났는가?

- 40대 중반의 남자와 10대 후반의 여자 아이 둘을 만났습니다.

- 그럼 그곳엔 전체 몇 명이 있었는가?

- 나를 포함해 강 사장, 40대 중반의 남자, 여자 아이 둘 이렇게 다섯 명이 있었습니다.

- 거기서 무얼 했는가?

- 그들과 간단한 식사를 했습니다.

- 강 사장과 그는 무슨 이야기를 나누었는가?

- 글쎄, 나는 그들의 애기에 별로 관심이 없었어요.

- 당신은 무얼 했는가?

- 아이들과 최근 한국에서 방영되는 한 사극드라마에 대한 대화를 나누었습니다. 그 아이들이 한국에 대해 많은 관심을 갖는 것이 매우 흥미로웠거든요.

- 당신은 그때도 카메라를 가져갔는가?

멈칫하며…….

- 아닙니다. 단지 식사를 하러 갔을 뿐입니다.

- 혹시 그 아이들이 북한 아이들은 아니었는가?

- 그것은 잘 모르겠습니다. 말투가 어눌해서 구분이 잘 되지 않았습니다.

- 그 다음엔 무얼 했는가?

- 강 사장이 있는 숙소로 돌아왔는데, 이미 그들이 떠날 준비를 하고 있었죠. 시간이 되자 사람들이 집을 나섰어요.

- 그때 시간은 몇 시였는가?

- 6시쯤 된 것 같았어요.

- 여행을 함께 한 사람들은 모두 몇 명이었는가?

- 나를 포함해서 모두 16명이었습니다.

- 그 다음엔 무얼 했는가?

- 하얼빈으로 가는 기차를 타고 다음날 아침에 도착해 근처 호텔
에 갔습니다.

- 호텔이름을 아는가?

- 잘 모릅니다.

- 그 곳에서 무얼 했는가?

- 샤워 후 낮잠을 잤고 다른 사람들은 여장을 풀고 편한 자세로
TV를 보았습니다.

- 그 다음엔 ?

- 무리 중 한 아이가 머리를 자르고 싶다고 해서 미장원에 간 다
음 저녁을 먹고 그 호텔을 나왔습니다.

- 그 때의 시간은?

- 여섯 시정도.

- 그 다음엔?

- 하얼빈 역으로 갔는데, 차를 타는 과정에서 그만 그들 중 일부

를 놓치고 말았습니다.

― 그래서 어떻게 했는가?

― 그 사실을 안 것은 기차가 떠난 다음이었기에 김 부장이 하얼빈
에 살고 있는 친구와 연락해서 그의 도움을 받기로 했습니다.

― 어디 역에 도착했는가?

― 야커스 역입니다. 그곳에서 하이라얼로 가는 버스를 타고 2시
간을 갔고 근처 호텔을 잡은 다음 오후엔 강 사장과 함께 도시
를 둘러보았습니다. 다음 날 새벽 놓친 일행들을 만나기 위해
역으로 나갔습니다.

― 그곳엔 누가 나갔는가?

― 나와 김 부장이 나갔습니다. 그들을 무사히 만난 후 정오에 둥
치를 향해 떠났습니다.

― 둥치엔 언제 도착했는가?

― 우리가 도착했을 때 5시가 조금 안되었어요. 도착하자마자 이
미 짜여진 조들끼리 국경선을 향해 걸어갔습니다.

― 누가 인솔했는가?

― 카메라로 그들을 찍기 위해 뒷부분에 처져 있어서 기억이 잘 나
지 않습니다. 20분을 걸은 후 벌판 쪽으로 걸어갔고 거기서 사
람들과 작별인사를 했습니다.

− 거기서 구체적으로 무얼 했는가?

− 무사히 한국에서 다시 보자하며 일일이 사람들과 악수를 했습니다.

− 그곳에서 누가 인도를 했는가?

− 강 사장이 인도했습니다. 그들과 헤어진 후 마을로 돌아와서 택시를 탔는데 운전기사가 외지인을 태울 경우 경찰서에 가서 의무적으로 신고를 해야 한다고 해서 경찰서에 들어갔습니다.

심문이 끝났을 때 바깥은 이미 어둠이 가득했다. 그간의 일들을 머리 속에 떠올리느라 힘이 없었다. 공안은 담담한 표정으로 더 진술할 내용이 없는지를 물었다. 조서의 사실 확인을 위해 통역을 통해 내가 진술한 내용을 처음부터 들려주었다. 그것만으로도 20분 이상이 걸렸다. 내용이 사실임을 증명하는 사인과 함께 중간 중간에 지장을 찍었다. 진술이 거의 끝나갈 무렵, 1차 심문 때 담당형사가 들어 왔다. 진술내용을 대충 훑어보고는 마음에 들지 않았는지 1차 진술내용과 판이하게 다른 이유를 따지듯 물었다. 그 때는 신변안전에 대한 확신을 느끼지 못해 거짓진술을 했다고 그 부분에 대해서는 유감스럽게 생각한다고 말했다.

"나는 아직 죄인도 아니고 더욱이 외국인이다. 그럼에도 마치 죄인취급을 해서 신변의 위협을 느꼈다." 그는 오히려 화를 내면서 자신은 죄인 취급을 한 적이 없다고 항변했다.

"나는 신체적인 것 보다 정신적인 면에서 크게 위축감을 느꼈다."

그때부터 그와 신경전이 벌어졌다.

"나는 내 자신이 전혀 부끄럽지 않다. 나 자신에게 떳떳하다."

"당신이 한 짓을 모르는가?"

"무슨 말인가?"

"당신은 중화인민공화국 법을 어겼다."

"구체적으로 말해 달라?"

"당신은 국경을 넘는 사람을 돕기 위해 조직을 만들고 자금을 대지 않았는가?"

"아니다. 나는 단지 그들의 여행에 동참했을 뿐이다. 조직을 하거나 자금을 대지 않았다."

"나는 당신이 조직원이 아니길 진심으로 바란다. 조직원인 경우 중국 법에 근거하여 엄한 처벌을 받을 것이다."

그의 말을 듣고 있노라니 은근히 화가 치밀었다.

"내가 도대체 중국, 중국인들에게 어떤 피해를 입혔는가?

"나는 당신 나라와 국민들에게 피해를 준 것보다 더 큰 피해를 받았다. 단지 힘없고 도움이 절박한 사람들에게 관심을 가진것 뿐이다. 우리는 자신의 이익을 위해 한 것이 아니기에 전혀 도덕적으로 부끄럽지 않다.”

“도덕과 법은 엄연히 구분해야 한다.”

“그럼 당신들은 법을 제대로 지키고 있는가? 피의자가 붙잡힐 경우 24시간 이내에 그의 가족들에게 연락을 해 줘야 하는 것 아닌가?”

“이 곳은 알다시피 중국에서 낙후된 곳 중의 하나다. 그래서 다른 곳보다 모든 면에서 불편하다. 그 점을 감안해 달라. 보충사항이 있는가?”

“있다. 하얼빈 호텔에 내 귀중품이 들어있는 가방을 맡겨 놓은 상태다. 그곳과 연락해서 가방을 안전하게 보관해 주길 바란다.”

“호텔이름을 아는가?”

“모른다. 그러나 떠날 때 그곳에서 써 준 보관증이 있다.”

그는 시큰둥한 반응을 보이며 연구해 보겠다는 말만 되풀이했다.

오늘 진술내용은 사실에 근접한 내용이 대부분이다.

조사를 담당했던 공안은 조직을 주도한 사람이 누구인지, 사람들의 역할이 무엇인지에 집중했지만, 잘 모른다며 결정적인 질문에는 은근히 피해갔다. 강 사장은 이번 여행을 통해 처음 알았기에 그에 대해 잘 알지 못하는 것은 거짓이 아니다. 다섯 시간의 긴 심문을 마쳤을 때 예상했던 후련함 대신 두려움이 엄습했다. 일행들에게 불리한 진술을 한 것은 아닌지……. 조사를 마치고 방에 돌아왔을 때 하쯔은이 준비해 놓은 빵과 물을 주었다. 수사가 하루라도 빨리 종결되어 한국에 돌아가고 싶다는 생각에 목이 메어왔다. 오늘따라 창밖에 눈이 많이 가는 것을 보니 고향에 계신 어머니가 무척이나 나를 보고 싶어 하시나보다.

생활의 발견

11월 13일

보름이 지났다.

처음엔 언어와 생각이 다른 사람들과 부대끼다 보니 마음고생이 심했지만 이젠 제법 그들이 익숙하다. 이곳을 언제 나갈지도 모르는 상황에서 이들과 어떻게 지낼 것인지에 대한 고민이 많다. 지금은 다행히 내 역할이 생겼다. 아침에 오물통을 버리고 식사 후 바닥을 닦는 일이다. 몸을 움직이니 기분이 한결 나아졌다.

그런 나에게 마음을 열고 다가오는 이가 있었는가 하면 경계를 멈추지 않고 계속 지켜보는 이들도 있었다. 사람들이 내게 관심을 갖는 이유도 다양했다. 지충루는 신발에 관심이 많았고, 이라터는 한국말에, 후치산은 가끔씩 추는 나이트 댄스에 깊은 관심을 보였다.

언젠가 이 곳을 떠나게 되겠지만 있는 동안엔 이들과 가족처럼 좋은 관계를 유지하고 싶은 것이 작은 소망이다. 먼 훗날, 지금의 낯설음과 고통스러움을 돌아봤을 때 얼마나 소중한 기억으로 간직될까? 지금 나는 마치 타임머신을 타고 중국의 작은 마을에 시간여행을 온 느낌이다. 이제는 제법 사람들의 특징이 보이기 시작한다. 이라터는 노래 부르는 걸 좋아해서 가끔씩 혼자 자리에 누워 몽고 노래를 부르는데 그의 구슬픈 노래를 듣다 보면 고향생각이 절로 난다.

유지광은 모르는 것이 없는 잡학사전인 동시에 대단한 장난꾸러기다. 마흔이 넘었음에도 유머러스한 표정과 제스처는 그 곳의 답답함을 단번에 날려버리는 청량제이다. 보친로는 살림꾼이다. 이제 겨우 열여덟 살임에도 자신이 맡은 일에 대한 성실함과 두둑한 배짱은 바라볼 때마다 나를 압도한다. 그는 이라터의 심복으로 그가 시키는 일은 자신의 일인 양 빨래부터 허리를 주무르고 목욕을 하는 것에 이르기까지 한마디의 불평도 없이 자연스럽게 일을 하곤 했다. 한번 마음을 주면 생명까지도 아낌없이 바친다는 중국인 특유의 근성을 그를 통해 몸으로 체득하고 있다.

유지광을 아버지라고 한다면 지충루는 어머니라고 할 만큼 꼼꼼하고 자상한 분이다. 매주 월요일 날은 이발하는 날인데 그가 모든 이의 머리를 잘라준다. 며칠 전 그에게서 머리를 잘랐는데 내 스타일을 잘 아는 단골가게 미용사처럼 무척 만족스럽게 머리를 잘라 주었다.

하쯔은은 마음씨 착한 동네의 벙어리 아저씨처럼 좀처럼 말이 없고 화를 잘 내지 않는다. 그러면서도 마음 한구석엔 자기의 아내가 예정한 날짜에 면회를 오지 않으면 새벽까지 잠 못 이룬 채 창 밖을 하염없이 바라만 보는 순수한 사람이다.

후치산은 하쯔은 만큼이나 마음이 착하고 우직하지만 사람들에게 사랑을 받을 수 있는 그만의 특별한 무기가 있었는데, 바로 털 뽑아 주는 것이다. 그것의 빠르기와 정확도는 타의 추종을 불허할 정도다. 단유진은 절름발이로 다리는 불편했지만 힘이 세고 아주 민첩했다. 한동안 온몸에 종기가 나서 힘들게 고생을 했지만 아픈 기색을 전혀 보이지 않을 정도로 뚝심이 강한 사람이었다. 종자오링은 만화 속의 주인공처럼 얼굴 생김새가 독특했으며 감정의 기복이 큰 것이 조금 흠이다.

그렇다면 그들에게 나는 어떤 사람으로 비쳐질까? 나에 대해 묘사해 보라고 한다면 그들은 뭐라고 말할까? 아침마다 이상한 체조를 하는, 속내를 알 수 없는 사람, 비싸고 좋은 것들을 많이 갖고 있지만 나눌 줄 모르는 고집쟁이, 마루를 거닐면서 몇 시간씩 생각에 잠기는 사람……

스스로 생각해도 남들과 잘 어울리는 사람은 아닌 듯 하다. 무언가에 집중하는 것을 좋아하고 움직이는 것보다 정지하는 것을 좋아하는 나, 눈에 보이는 것보다 보이지 않는 것을 더 추구하는 나. 그런 내가 이들과 얼마나 많은 것을 공유할 수 있을까? 인간은 인간에 의해 성장한다는 말이 있다. 그만큼 인간에겐 관계성이 중요하고 그것을 맺는 능력이 중요하다. 관계성은 일차적으로 언어를 통해 이루어진다. 언어에는 생각과 감정을 담을 수 있고 그것을 끊임없이 주고받으며, 서로를 알아 가는 것이리라. 그런 측면에서 볼 때 관계성에서 언어가 차지하는 비중은 결정적이다. 그렇다면 이 언어로 관계성을 맺지 못할 때는 어떻게 할 것인가? 그것은 나눔이다! 마음이 담겨있는 나만의 것을 주면, 없었던 관계가 생기고 깨진 관계가 회복되는 것이다. 물질이 있는 곳에 마음이 있다는 말처럼 그들이 원한 것은 비싼 가죽점퍼가 아니라 그 잠바에 녹아 있는 나의 따스한 마음이었던 것이다. 이것을 무시한 채 단지 가격만으로 서로의 것을 비교했으니 이 얼마나 무지한 소치인가!

유물론적 세계관을 기초로 만들어진 중국이라고 비아냥거린 나에게 자문해본다. 그렇다면 과연 우리사회는 무엇을 기초로 만들어졌는가? 물질보다 정신을 우선하고 물질에 정신이 훼손당하지 않은 사회인가? 그들에게 없는 것이 내 안에 있다고 말할 수 있는 것이 무

엇인가? 그들과 같은 인간이란 사실, 그 사실만이 지금 내 안에 꽉
차 있을 뿐이다!!

1월 15일

며칠 사이 유지광의 면회가 잦아졌다.

면회를 마치고 들어오는 표정이 밝은 것을 보면 무슨 좋은 일이
있나 보다. 신이 났는지 안하던 빨래까지 하고 있다.

오후 2시 경, 복도에서 열쇠소리가 들렸다. 간수가 방문을 열고
유지광에게 짧은 말을 던지자 자신의 소지품을 정리했다. 그가 석방
되는 것이다! 준비하지 못한 이별의 아쉬움과 함께 나가고 싶은 마
음의 간절함이 마음에 파문을 일으켰다. 그는 방안을 한번 둘러보더
니 '안녕' 이란 말만 남긴 채 황급히 방안을 빠져나갔다. 함께 지낸
사람들과의 아쉬움보다 감옥을 나간다는 사실의 기쁨이 더 컸나보
다. 갑작스럽고도 싱거운 이별이다. 유지광의 빈자리는 이라터에 의
해 신속하게 정리되었다. 유지광의 자리에 하쯔은이 올라오고 이불
은 후치산, 칫솔은 종자오링의 것이 되었다. 그의 출소 이후 가장 크
게 변한 것은 하쯔은의 자리이동이었다! 하쯔은은 나와 함께 그들만
의 식사에 끼지도 못하고 바닥에서 잠을 자는 아웃사이더였는데, 이

라터의 각별한 배려로 한순간에 2인자가 된 것이다! 그는 이제부터 이라터와 함께 식사를 하고 그 옆에서 잠을 자는 특권을 누리게 되었다. 그럼에도 하쯔은은 이런 변화에 별 반응을 보이지 않은 채 평소처럼 과묵한 모습을 유지했다. 외부의 변화에 빠르게 적응하는 그들의 모습을 보면서 새삼, 이라터의 리더십에 눈길이 갔다. 이제껏 이곳의 보스는 유지광인 줄 알았는데 그게 아니었던 것이다!

이라터의 나이는 스물아홉, 키 180cm, 몸무게 80Kg으로 체격이 좋았고, 결혼해서 두 살짜리 어린 딸이 있다. 어떤 상황에서도 감정을 잘 드러내지 않으면서도 항상 웃는 모습을 잃지 않는 낙천적인 성격의 소유자인 그는 면회 때 생기는 특별간식을 자신의 패밀리에게만 나누었는데 그의 패밀리는 절친한 친구인 단유진, 그의 심복인 보친로, 이곳에서 나이가 가장 많은 지충루, 고향친구 하쯔은이었다. 그는 자기 사람은 확실히 챙겼다. 영화에서만 보아오다 실제 죄수들의 세계 특히, 그들의 인간관계를 맺는 모습은 감동적이기까지 했다. 보친로는 자신의 해야 할 일에 대해서는 성실했으며 보스에겐 아주 깍듯했다. 그런 보친로에게 이라터는 잘못한 일이 있으면 가차없이 꾸짖기도 하면서 자신을 함부로 대할 수 없는 사람임을 각인시켰다. 그들의 관계는 일종의 계약일 수 있다. 자신의 신변을 외부의 위험으로부터 보장받는 것을 대가로 자신의 수고를 아끼지 않는……. 그 관계를 유지하는 핵심은 물리적인 힘이다. 그러나 보호하고 보호받는 과정에서 그들은 물리적인 힘 뿐만아니라, 인간에 대한 애정으로 서로를 보듬어 주고 있었고 거기서 뿜어져 나오는 향기는 그 어떤 꽃보다 아름다웠다!! 유지광이 출소한 다음날 새로운 사람이 들어왔다. 그는 시선을 어디에 둘지 몰라 당황함이 역력한 표정으로 이라터가 묻는 질문에 서툴게 답했다. 이름과 나이, 사는 곳, 무엇을 하다 이곳에 왔는지……. 이목구비가 뚜렷한 얼굴에 여드름이 많았고 마른 체격인 그를 이라터가 옆에 앉히더니 한참을 이야기했다. 결국, 그가 입고 있던 조끼를 이라터에게 바치는 것으로 신고식을 마쳤다. 저녁 식사시간에 그가 이라터 옆에 앉았다. 그것은 그를 자신의 패밀리로 받아들인다는 뜻이다. 과연 그의 어떤 모습이 보스의 마음을 움직였을까? 에서 시작한 궁금증이 저 친구는 어떤 사람일까? 라는 쪽으로 확장됐다. 식사가 끝난 후 돌아가면서 악수를 하며 간단한 대화를 나누다가 이라터가 내가 한국인임을 알려줬다. 그가 내 옆에 와서 조용히 말을 걸었다.

이름은 '쓰루그루', 몽고족, 2남 중 장남,

나이는 스물 넷, 사는 곳은 둥치. 전과 1범으로 2년형을 살고 이번에 강도짓을 하다 10년형을 선고받음. 젊은 인생이 청춘을 이곳에서 썩어야 한다는 안타까움에 슬픈 표정을 보이는 내게 웃으면서 열 손가락을 펴며 새삼스럽게 10을 가리켰다. 그리곤 느닷없이 자신의 손바닥에 누군가의 이름을 썼다. 가수 이정현이었다. 그가 "바꿔"를 부르는 이정현의 손동작을 보이며 그녀를 아느냐고 물었다. 중국의 외딴 감옥에서조차 그녀를 아는 사람이 있다는 것은 그녀의 인기가 대단하다는 것 뿐 아니라 한국의 대중문화가 중국에 확실히 뿌리박히고 있다는 단적인 증거다. 심지어 꿈에서도 자주 그녀를 본다고 할 정도로 이정현을 무척 좋아했다. 2년 전 MBC에 있을 때 라디오 여름 특집으로 가수들의 콘서트를 촬영할 때 이정현을 찍은 이야기를 해주었더니 실제로 봐도 그렇게 예쁘냐고 몇 번을 물었다. 그는 자신이 중국노래를 먼저 부를 테니 한국노래를 불러달라고 했다. 중국 노래는 가사의 운율이 조화롭고 멜로디가 부드럽다. 감정을 이입한 채 노래를 부르는 모습을 보노라니 그가 마음을 열고 다가오는 감격을 감당하기 어려워 눈을 감았다. 둥치에서 보낸 날 중에서 가장 낭만적인 밤을 보내고 있음에, 눈시울이 뜨거웠다. 그의 노래에 대한 답가로 '산울림'의 '노모'를 불렀다. 고향에서 하염없이 울고 계실 어머니와 가족을 그리워하면서……

　"창백한 얼굴에 간지러운 햇살 주름 깊은 얼굴에 깊디깊은 적막 말없이 꼭 다문 님의 푸른 입술을 나의 뜨거운 눈물로 적셔드리오리다."

이라터, 딴유진 베이징으로 이송

1월 21일

 3차 심문을 마치고 돌아왔을 때 많이 지쳐 있었다.

 벽에 기대어 쉬고 있는데 이라터가 갑자기 이틀 후면 베이징으로 이송된다는 말을 툭 던졌다. 놀란 표정으로 무슨 말인지를 거듭해서 물었다. 유지광이 퇴소한지 얼마 되지 않아 이라터 마저 다른 곳으로 간다니……. 마음이 심란한 나와 달리 그는 어린아이가 소풍 가는 것처럼 좋아하는 표정이었다. 하기야 이 곳은 언제든지 새로운 사람이 들어오고 있었던 사람이 나가는 것이 자연스러운 모습일지 모른다. 그럼에도 그들과의 헤어짐에 섭섭함을 느끼는 이유는 무엇 때문일까? 사람들이 카드에 집중하고 있을 때 하쯔은에게 이라터의 베이징 이송이 사실인지를 물었더니 고개를 끄덕이며 두 개의 손가락을 내밀었다. 두 명이 간다는 뜻이다.

그럼 다른 사람은 누구지?

단유진이란다! 세상에!!

이라터와 단유진, 그들과 헤어짐에 서운해 하는 내 마음의 상태가 더 놀랍고 당황스럽다. 이 사람들과 정이 든 것일까? 단유진을 바라보았을 때 함께 지낸 일들이 스크린의 화면처럼 스쳐 지나갔다. 제일 먼저 친구가 되었고 제일 먼저 적이되어 나를 힘들게한 단유진……. 그와 함께 지낸 일들이 그리움으로 치환되면서 마음이 깊게 가라앉았다.

이라터는 자신의 공백으로 틈이 생기지 않기 위해 인수인계에 각별히 신경을 쓰는 눈치다. 놀라운 것은 차기 보스로 지목한 사람이 들어온지 일주일이 채 되지 않는 쓰루그루라는 점이다. 의외가 아닐 수 없다. 이라터는 그와 오랜 시간 이야기를 나누었다. 보스로서 참고가 될만한 노하우를 알려준 듯 하다. 이야기를 듣고 있는 쓰루그루의 얼굴에 긴장감이 감돌았다. 며칠 전부터 이라터가 쓰루그루의 잠자리를 챙겨주는 것이 예사롭지 않았는데 그에 대한 각별한 애정이 이렇게 표현되는구나. 목숨처럼 따르는 보스와의 이별을 앞둔 심정을 엿보기 위해 보친로의 표정을 유심히 살폈지만 그의 표정은 담담했다. 이라터의 목욕을 보친로가 도왔다. 목욕을 하면서 서로에게 말없는 대화를 나누는 듯했다. 오늘 저녁은 누가 말한 것도 아닌데, 모두 일찍 잠자리에 들었다. 떠나는 사람들을 위한 남은 자들의 작은 배려이리라.

　날이 샜다.

　새벽부터 부산하게 움직이는 소리가 내 무의식에 무단으로 침입했다. 이라터의 짐싸는 것을 쓰루그루가 도왔다. 평소 자기관리를 잘 했던 그답게 짐은 상의와 하의 두 벌과 이불이 전부였다. 사람들은 하나 둘 씩 일어나 그의 주변에서 짐 싸는 모습을 지켜봤다. 잠시 후 이라터가 자기 자리에 쓰루그루의 이불을 손수 옮겨 주었다. 이곳의 보스가 새롭게 바뀌는 순간이다!!

　태양이 제 모습을 드러내기에는 많은 시간이 남았다. 조심스럽게 단유진에게 안마를 해도 되는지를 물었고 그가 흔쾌히 허락했다. 몸을 만지면서 그를 처음 만났을 때의 모습을 떠올렸다. 어제까지만해도 두 눈을 부라리며 냉소적인 시선으로 힘들게 보낸 관계인데 지금은 이렇게 몸을 만져주며 그의 인생을 축복해 주고 있다니……. 참으로 극적인 화해가 아닐 수 없다. 이럴 줄 알았으면 진작 좀더 잘해줄 것을……. 사람은 떠날 때가 되면 서로를 향한 미움이 부질없으며 우리의 삶이 사랑하기에도 부족한 시간이란 것을 뒤늦게 깨닫

는가 보다. 복도에서 이라터와 단유진을 부르는 간수 소리가 들렸
다. 이라터는 마루에 있던 보자기를 들고 한사람씩 인사를 나누었
다. 어떤이 하고는 뜨거운 포옹을 하기도 하고 어떤이 하고는 악수
를 한 채 한동안 깊은 대화를 나누기도 하고……. 드디어 그들이 방
문을 나섰다. 보친로와 나는 그들의 뒷모습을 보기 위해 재빨리 창
쪽으로 갔다. 그들은 돌아서서 환한 미소를 지으며 우리의 시야에서
멀어져 갔다.

'지금 가면 3일 후엔 새로운 보금자리인 베이징에 도착하겠지. 이
제 베이징은 중국의 수도 뿐 아니라 살아있다는 것만으로 아름다운
청춘의 시기에 알게 된, 잊지 못할 친구가 머무르고 있는 곳으로 기
억되리라.'

1월 22일

아침식사 분위기는 함께 지냈던 날들을 추억하기라도 하듯 내내
조용했다. 식사 후 간수들의 대대적인 간물 검사가 진행됐다. 방안
에 있던 TV와 테이블을 치웠으며 카드를 압수하고 모든 간물을 새
롭게 정리할 것을 지시했다. 바닥에 있던 나의 잠자리는 해체되어
보친로의 시트가 되었고 자신들의 침구를 새롭게 정리한 다음 큰 흰

색 천을 마루에 깔았다. 흰색 천을 마루에 깔고 나니 방 분위기가 깔끔하다 못해 허전했다. 정들었던 친구가 나갔고 킬링 타임용으로 효자 노릇을 한 TV와 카드마저 압수당했다. 오전에 일어난 일 치고는 많은 변화들이 있었다. 현실을 인정하고 거기에서 만족을 찾는 이들은 마치 이가 없으면 잇몸으로 음식물을 먹는것처럼 누가 먼저랄 것도 없이 자연스럽게 대화가 진행되었다. 오후가 되어서 새로운 사람이 들어왔다. 180cm 이상의 큰 키에 깡마른 사람으로 머리는 며칠째 감지 않아 심하게 엉클어져 있었다. 간단한 신고식이 진행됐는데 쓰루그루가 그를 벽에 세우고 그 옆에 후치산과 보친로가 매서운 눈초리로 그를 쏘아보았다. 쓰루그루의 상대를 제압하는 눈초리에 그가 압도당했다. 이제야 비로소 그가 왜 이 방의 보스가 되었는지를 알 것 같다.

한참을 그렇게 세워놓고 신고식을 치른 후 이내 그들은 평상시의 모습으로 되돌아갔다. 그의 이름은 추루, 나이는 33세, 결혼해서 딸아이가 있으며 동네 이웃과 싸우다가 팔을 부러뜨려 15일의 구류 이후 출소한다고 했다. 이번 일로 쓰루그루는 이라터의 공백을 성공적으로 접수했다. 이 곳 생리를 잘 알고 있던 그는 처음부터 이 곳의 보스가 누군지 확인했고 그의 마음에 들기 위해 자신이 입고 있던 값비싼 옷과 면회를 통해 맛있는 음식을 보스에게 바쳤을 뿐 아니라

보스의 심부름에서 옷을 빠는 것에 이르기까지 철저히 자신을 낮추었다. 쓰루그루가 보스라는 것을 알 수 있는 단적인 예는 식사 때 사람들이 그를 중심으로 모이며 뜨거운 물을 제일 먼저 공급받는 것으로 알 수 있다. 이제 보친로는 그의 심복이, 지충루는 그의 고문이 되었다. 이들을 바라보면 유치하다는 생각을 여러 번 하게 되지만 그들에겐 세상을 지배할 수 있는 큰 돈보다 한 조각의 빵이 더 절실한지 모른다.

쓰루그루가 자신의 옷을 빨겠느냐는 제안을 해왔다. 내 옷은 내가 빨 테니 네 옷은 네가 빨라고 웃으며 거절했다. 치명적인 실수를 한 것 같다. 그의 제안은 나를 위한 배려였으며 더 이상 고생하지 않고 지낼 수 있는 절호의 기회였는데…….

앞으로 지낼 일이 막막하다. 이런 일은 감옥이 아니더라도 세상을 살다보면 경험하는 일이다. 이럴 때 어떻게 해야 하는가? 지금처럼 거절할 것인가? 아니면 그의 제안을 받아들일 것인가? 삶의 목적이 무엇인지에 따라 선택의 기로에서 나의 행동은 달라지리라…….

과연 나의 인생목적은 무엇인가?

새로운 곳을 향하여

1월 24일

　이라터와 옷을 바꾼 이후부터 사람들이 농담으로 자신의 것과 바꾸자는 말을 자주 했다. 특별히 지충루는 내 신발을 무척이나 갖고 싶어해 하루에도 몇 번씩 바꾸자고 하는 바람에 그를 대하기가 여간 껄끄럽지 않다. 게다가 보친로는 바지, 쓰루그루는 가죽점퍼에 눈독을 들이고 있는 중이다. 보암직하고 먹음직도 한 것에 마음을 빼앗긴 그들에게 나는 본의 아니게 유혹을 뿌리 칠 수 없는 선악과를 소유한 사람이 되었다. 그들에게 한국과 한국제품은 마치 우리에게 미국과 미국제품과 같은 의미였다. 사람들을 유심히 지켜보면서 그들에게 무엇을 줄 것인지를 고민했다. 마지막 떠나는 날, 그들과 서로 옷을 바꿔 입은 상태에서 이별하는 모습을 상상해 본다. 지충루가 오늘도 다가와서 생글생글 웃으며 신발을 바꾸자고 했다. 그의 신발을 신어보니 나쁘진 않았으나 과감히 바꿀 용기는 나지 않았다. 아무리 생각해도 손해본다는 생각을 지울 수 없다. 망설이는 내 자신이 한심스러웠다.

'한국에 가면 이 보다 더 좋은 신발은 얼마든지 있는데, 얼마나 비싸다고 이렇게 생색을 내는 거지. 그래 바꾸자! 그들이 좋아할 수만 있다면…….' 드디어, 지충루에게 신발을 바꾸자고 했다. 믿어지지 않은 듯 몇 번을 물었던 그의 입이 귀에 걸릴 정도로 좋아했다. 그 모습을 보면서 바꾸기를 잘했다는 생각을 했다. 그런데 한 시간 정도 걷다 보니 발이 아팠다. 신발이 작은 것이다. 그러나 지금 와서 말을 바꿀 수는 없다. 옆에서 지켜보던 보친로에게도 무언가 주고 싶었다.

"너는 원하는 게 뭐니"

그가 놀라면서

"나는 너랑 바꿀 것이 없는데……."

"바꾸는 게 아니라 그냥 너에게 주는 거야"라며 입고 있던 내의를 벗었다.

"그러면 춥지 않아?"

"아냐, 괜찮아. 너에게 주는 선물이야."

그는 내 옷을 보물 간직하듯 정성스럽게 자신의 베개 속 깊은 곳
에다 넣었다.

그의 손목에 팔찌 용도의 빨간색 실이 묶여 있었다.

"그것을 선물로 줄 수 없니?"

"그래……."

그가 흔쾌히 한 가닥을 내 팔목에 묶어 주었다.

지충루는 꼼꼼한 성격답게 신발을 받자마자 타개진 부분을 정성
스럽게 꿰매었다.

'이것이 나눔의 기쁨이구나, 내 것을 남에게 주었을 때 아쉬움이
아닌 흐뭇함이 느껴지는구나.'

1월 25일 저녁

밤새 옷을 두껍게 입고 잔 탓인지 열이 가라앉고 기침도 줄었다.
그럼에도 여전히 지치고 힘든 표정을 지었다. 그들의 경계심을 누그
러뜨리기 위함이다. 세수를 한 뒤 자리에 앉아 고개를 숙였다. 누구
도 매일아침 바닥을 쓸고 닦는 것을 하지 않음에 시비를 걸지 않았
다. 아침 식사 때, 지충루가 라면을, 추루가 반찬을 챙겨 주었다. 사
소한 부분까지 신경써주는 그들이 고마웠다. 식사가 끝나고 쓰루그

루가 바닥을 닦으라고 했다. 몸이 아파 힘들다고 했음에도 '그래도
해'라는 굳은 표정으로 쏘아보았다. 바닥을 닦았을 때 기다렸다는
듯이 이번엔 배설 통을 닦으라고 한다. 그것마저 묵묵히 닦은 후 마
루에 앉았다. 깊은 한숨이 나왔다. 나를 향한 이들의 경계심은 생각
보다 훨씬 깊고 집요했다. 심난한 마음을 달래기 위해 낮잠을 자고
있는데, 요란한 자물쇠 소리에 무의식의 세계가 흔들렸다. 문틈 사
이로 지켜보고 있던 하쯔은이 손짓을 했다. 옆방에 있던 철민씨가
자기 짐을 갖고 방문을 나서는 것이 아닌가!

　정신이 번쩍 들었다. 창틈으로 사무실로 가는 그의 모습이 보였
다. 마음이 뛰기 시작했다. 강 사장도 방문을 나섰다. 도적같이 시작
된 감옥생활이 끝나고 꿈에 그리던 가족 품으로 돌아갈 수 있게 되
었음에 주체할 없는 기쁨이 밀려왔다. 순간, 하쯔은을 바라보았다.
예전부터 이 곳을 떠나는 날, 옷을 바꿔 입자고 약속했기 때문이다.
하쯔은과 상의를 바꿔 입은 후 후치산에게 흰줄이 박혀있는 곤색 추
리닝 바지를 주었다. 이렇게 시작한 그들과의 이별의식은 종자오링
에겐 양말을, 지충루에겐 치약과 칫솔을, 추루에겐 손수건을 주는
것으로 마무리되었다.
　"이 옷을 입을 때마다 너희들을 잊지 않고 항상 기억할게"라고 말

한 뒤 벽에다 '생각할 사(思)' 자를 썼다. 유지광과 이라터의 이별을 경험했음에도 갑작스러운 상황에 어떻게 대처할지 몰라 허둥댔다. 위기 때마다 든든한 버팀목이 되었던 하쯔은과 뜨거운 포옹을 한 후 사람들과 일일이 악수를 나누다보니 함께 지냈던 날들이 새록새록 떠올랐다.

현재와 함께 있을 땐 현재가 빨리 과거 속으로 사라지기만을 바라고 막상 현재가 돌아올 수 없는 과거 속으로 사라지면 그때서야 현재의 삶에 충실하지 못함에 아쉬워하는 '인간들'은 지독히도 현재를 관리하지 못하는 족속들인 것 같다. 둥치를 떠나는 순간, 나도 그 한심한 족속 중의 한 사람임을 인정하지 않을 수 없었다.

방문이 열렸다!

간수가 몸을 전체적으로 살피다가 지충루와 바꾼 신발을 보더니 호환은 안 된다며 다시 바꿔 신으라고 명령했다. 드디어 나는, 평생 잊지 못할 아름다운 추억이 서려있는 '중화인민 공화국 내몽고 둥치 형무소 5호실 방문'을 나섰다. 창문 틈으로 하쯔은과 보친로가 내 모습이 사라질 때까지 손을 흔들어 주었다. 사무실에 들어갔을 때 형사가 환하게 웃고 있는 나에게 '게임은 아직 끝나지 않았다' 라는 묘한 표정으로 책상 위의 메모를 가리켰다.

"당신의 물건을 찾아가시오"

테이블 위에서 통장과 수첩을 챙겼다.

그가 메모의 뒷면을 보여 주었다.

"그밖에 없는 물건은 없습니까?"

그러고 보니 지갑이 없었다. 다시 다른 메모를 보여주었다.

"나머지 물건은 다음에 가져다 주겠소."

'다음……. 다음에 라니? 그럼 석방되는 것이 아니란 말인가??'

그렇다. 우린 석방되는 것이 아니라 재판을 받기 위해 다른 곳으로 이송되는 것이었다!

끝인줄 알았는데 다시 새로운 시작을 해야 한다니……. 좀 전까지 기쁘고 환했던 마음에 다시 어둠이 깔렸다. 복도에서 잡담을 나누고 있는 공안들의 목소리가 심난한 마음을 더욱 어지럽혔다. 그들을 따라 마당으로 나갔을 때 처음으로 이곳의 전경을 봤다. 넓은 마당 정면에 단층 사무실과 그 안쪽에 죄수들이 수용되어 있는 기역자 모양의 건물로 구성되었는데 고위층 관료들이 관사로 보일 만큼 깔끔하고 정원관리가 잘되어 있었다. 저쪽에서 차에 오르는 김 부장이 보였다. 한 달 만에 본 그는 콧수염이 부쩍 자랐고 약간 지쳐 있었다.

차에 올랐을 때 앞에는 운전병과 장교로 보이는 40대 초반의 공안, 뒤쪽엔 빨간 줄 하나에 별 두 개가 박혀 있는 국방색의 제복을 입은 젊은 군인이 대기하고 있었다. 차가 시동을 걸고 움직이기 시작할 때 창 밖으로 주인의 채찍질에 무심히 걸어가는 소의 모습이 보였다. 내 처지를 의식하며 바라보니 소의 느긋함이 그저 부럽기만 했다. 10여분을 달리니 마을을 벗어났다. 아주 가끔씩 짚단을 실은 60년대의 트럭이 게으르게 지나갈 뿐 광활한 벌판에 펼쳐진 이차선 도로는 백만장자가 오직 한 사람만을 위해 유람선을 임대한 것처럼 미쓰비시 회색 지프차 세 대만이 나란히 달리고 있었다. 차안의 시계는 4시 19분을 가리켰고 실내온도는 23도였다. 인생은 희극과 비극이 따로 구분되지 않은 동전의 양면이란 것을 상징하듯 도로는 규칙적으로 포장과 비포장을 번갈아 가며 있었다. 차안에는 침묵이 흘렀고 서쪽으로 기울기를 시작한 붉은 태양은 감옥생활이 힘들었을 때 두려움을 몰아내고 평안과 기쁨을 제공한 바로 그 태양이었다. 그리고 그 태양은 마치 낯선 곳으로 떠나는 어린 자녀에게 '아빠는 네가 어디에 있든지 항상 함께 있을 거야' 라고 속삭이는 듯 했다.

　　백미러로 작아지는 태양을 바라보며 마음속으로 이렇게 화답했다.

　　'잘 다녀오겠습니다. 아버지!!'

한 시간이 흘렀을 때, 소변을 보기 위해 앞차가 잠시 멈추었다. 강 사장이 차에 오르려고 할 때,

"재판을 받으러 가는 건가요?"라고 물었다. 그는 '그렇다'는 뜻으로 고개를 끄덕였고 그 말이 나오기가 무섭게 공안이 말하지 말라는 경고를 했다. 저 멀리서 도시의 불빛이 희미하게 보였다. 거리는 폭설로 덮였고 차들은 거북이 운행을 했다. 가로등 불빛 아래 4차선 도로를 달리다 도시외곽이 보였고 잠시 후 횡렬종대로 서있는 2층 건물들 앞에서 차가 멈췄다. 공안이 관계자와 면담하러 나간사이 운전병이 지루함을 달래려고 라디오를 켰다. 그저 소음에 불과한 뉴스를 무심하게 듣고 있는데 '둥치'라는 단어가 들렸다.

'둥치!'
'둥치는 내가 좀 전까지 있었던 곳이잖아.'
'이라터'라는 단어가 들린 후 '장쩌민'에 관한 뉴스가 나왔다.
'이라터'는 둥치 형무소에서 함께 지낸 친구 이름인데, 중국에 '장쩌민'에 버금가는 '이라터'라는 동명이인의 거물급 정치인이 있는가 보네.
뉴스가 반복해서 진행되었을 때 내 귀를 의심하지 않을 수 없었다!

‘둥치’, ‘베이징’, ‘죄수 3인’, ‘이라터’ ······.

내용을 간단히 정리하면, 둥치에서 베이징으로 이송 중이던 죄수 세 명 중 ‘이라터’가 탈옥을 했다는 내용이었다. 내 중국어 실력이 엉터리이기를 바라면서도 도망자 신세로 칼바람이 매섭게 몰아치는 밤거리를 헤매는 그의 모습이 아른거렸다. 며칠 전 베이징으로 떠나기전 뜨거운 포옹을 나누던, 안마를 해주면 고맙다고 연신 미소를 지어주던 그가 아니던가!! 머리 속엔 그와 관련한 불길한 상상이 꼬리에 꼬리를 물었다. 그를 생각할 때 나는 어떤 소망을 품어야 하나? “무사히 탈출해서 더 이상 감옥생활을 하지 않기를 바라야 하나, 아니면 빨리 붙잡혀 그의 형량이 줄어들기를 바라야 하나?” 인간 안에 내재된 자유를 향한 갈망은 그 무엇으로도 보상하기 힘든 것이리라.

공안이 갑자기 차 문을 열었다.

고참이 군기가 빠진 신병에게 얼차례를 시키듯 차가운 바람이 기습적으로 얼굴을 때렸다. 그리고 따끔한 충고 한마디를 남겼다.

“정신 차려! 이라터는 잊어. 지금은 그런 감상에 빠질 때가 아냐. 오직 너 자신만 생각해! 알았지?”

공안을 따라 건물 안으로 들어갔다. 2층엔 이미 우리를 맞이하기 위해 몇 명의 간수들이 나와 있었다. 한 명씩 몸수색을 받고 각방에 배치되었다. 복도 맨 끝 방문이 열렸다. 나의 새로운 보금자리이다.

그 곳엔 네 명의 고참 죄수들이 담소를 나누고 있었다. 방안은 둥치보다 조금 작았고 창문 아래와 옆면에 라디에이터가 있었다. 나를 반갑게 맞이한 사람은 '산'이었다. 얼굴이 둥그렇고 통통한 편으로 쾌활한 성격이었다. 잠시 후 간수가 내가 한국인이고 중국말을 하지 못한다는 것을 주지시켰다. 그들은 편하게 앉으라고 하면서 오히려 자신들이 긴장했다. 간수가 저녁을 먹지 못한 내게 빵과 포장된 간이용 반찬을 공급해주었다. 먹기 전 그들에게 먼저 음식을 건넸다. 그들이 못이기는 척하며 빵을 집은 후에야 내 입에 빵이 들어갔다. 둥치에서 붙잡혀 처음 입소 할때처럼 크게 당황되진 않았다. 심지어 다음엔 무슨 행동을 해야 할지도 알 것 같았다. 한번의 경험이 낯선 상황을 이렇게 여유롭게 만들 수 있다는 것에 놀랐다. 간단한 신상 소개를 마치고 잠자리를 깔았다. 바닥에 이불을 깔았더니 추워서 안 된다고 올라와서 자라고 했다. 자리에 누운 후 그들만의 대화를 자장가 삼아 둥치를 떠나 새로운 곳인 '하이라얼'에서 첫날 밤을 보냈다.

희망의 단계화

1월 26일 오전 일곱시경

　새벽부터 잠을 설쳤다. 급기야 자는 사람들 틈에서 벗어나 바닥에 자릴 깔고 잠을 청했다. 바닥은 차고 좁은 공간에서 새우잠을 잤던 터라 허리가 쑤시고 아팠다. 날이 샜지만 인기척이 날때까지 가만히 누워 있었다. 함부로 무엇을 하기가 조심스러웠다. 옆에서 잤던 '요'는 소리가 나자 재빨리 일어나 밖에서 각자의 소지품을 갖고 들어왔다. 그가 이 곳의 막내인가 보다. 문이 열리자 오물통을 들고 어딘가 나간 후 깨끗한 물을 받아왔다. 먼저 '우'가 하고 '싼'과 '요'가 한 다음 비눗물이 가득해 오히려 때가 묻을 것 같은 물로 마지막으로 내가 세수를 했다. 식사를 기다리는 동안 '우'는 마당을 거닐고 '싼'은 카드를 하고 '요'는 양손이 불편한 '슈'의 옷을 입혀주고 이불을 정리했다. 식사는 밀가루 빵, 소금으로 절인 양배추와 느끼한 맛의 감자국이 나왔다. 식사가 끝나고 그들의 관심이 나에게 쏠렸다. 정확히 말하면 둥치 때처럼 내 자신보다 나의 포장상태에 더 관심을 가졌다. 가죽 잠바와 신발을 유심히 살피다 '산'이 얼마인지를 물었다. 잠바는 중국 돈으로 3,000위엔, 신발은 700위엔 이라고 하니 눈이 휘둥그레졌다. '우'는 자신의 검은색 가죽점퍼를 100위엔에, '쌴'은 신발을 210위엔에 샀으니 그럴 만도 하다. 이곳에서 가장 인상적인 사람은 '슈'이다. 그의 얼굴은 영양실조에 걸린 사람처럼 몰골이 심하게 말랐으며 양손은 심하게 다쳐 붕대로 감은 상태여서 옷을 입고 세수를 하고 식사를 하고 배설을 하는것까지 일일이 '요'의 도움을 받아야 함에도 사람들에게 무섭게 대했다. 그가 나를 유심히 쳐다보더니 둥치를 떠나올 때 보친로가 준 선물을 요에게 시켜 자기 팔에 묶으라고 했다.

'안돼, 이건 사연이 담긴 특별한 선물이야' 라고 말하고 싶었지만, '요'가 일방적으로 끈을 푸는 바람에 아무 말도 하지 못했다. 마치 보친로가 이 광경을 지켜보는 것 같아 스스로에게 궁색한 변명을 했다.

'보친로! 정말 미안. 한국에 가면 똑같은 실을 구해서 다시 팔목에 걸고 다닐게. 이해해주렴……'

오전 10시경

깡마르고 신경질적으로 보이는 간수가 방문을 열고 나오라는 신호를 했다.

'아니 이곳에 온 지 하루도 안됐는데, 벌써 다른 곳에 보낸단 말이야. 이들과 막 친해지려는데……또 다른 곳으로의 이동이라니, 기가 막혀서…….'

갑작스럽게 당한 일이라 그가 하라는 대로 소지품을 급하게 챙긴 채 허둥지둥 그곳을 나왔다. 그를 따라 들어간 오른 쪽 복도 끝에 위치한 방은 방금 전 말끔히 쓸고 닦은 흔적이 역력했다. 순식간에 벌어진 일이라 멍하니 서 있기만 했다. 수 분 간격으로 간수들이 들락거렸고 그 사이에 침구, 오물 통, 휴지, 세수 대야까지 텅 빈 공간이 사람 사는 공간으로 변해갔다. 담당 형사가 통역과 함께 들어와 내 몸 상태를 훑어보았다.

"뭐 필요한 것이 없는가?"

"아니 괜찮은데요."

"목욕한 지는? 속옷은 자주 갈아입나?"

'이 사람이 갑자기 왜 이러는 거지?'

평소엔 퉁명스럽던 그의 친절함이 오히려 부담스러웠다. 강 사장이 비용을 대는 조건으로 자신이 직접 속옷까지 사다 주겠다고 했다.

‘무슨 일이 있는 게 분명해……. 이 사람이 이럴 사람이 아닌 데…….’

그의 행동을 지켜보기로 했다.

‘필요한 것을 말하면 들어주겠다고’

마루를 거닐면서 곰곰이 생각했다.

‘그가 도와주겠다고 하면 무엇을 부탁할까?’

그때 섬광처럼 머리를 스치는 것이 있었다.

‘그래 지금 필요한 건 속옷이나 양말이 아니라 종이와 펜이야. 내가 힘든 진짜 이유는 못 입고 못 먹어서가 아니라 머리 속에 떠오르는 수많은 생각과 깨달음을 놓쳐버리는 거야.’

형사가 오기만을 기다리고 또 기다렸다. 두 시간이 지나서야 여러 명의 관계자들과 함께 내 방에 찾아왔다. 그가 사온 것은 내의 한 벌, 양말 네 켤레, 컵 ,치약, 칫솔 등이었다. 그의 깊은 배려에 감사의 표시를 하면서 머리 속의 생각을 정리할 수 있도록 종이와 펜을 줄 것을 부탁했다.

통역을 통해 내 생각을 전해들은 형사는 흔쾌히 종이와 펜을 줄 것을 약속했다! 이 얼마나 감격스러운 일인가? 드디어 머리 속에 생각들을 누구의 간섭과 통제 없이 마음껏 표현할 수 있다니……. 지금 기분 같아선 이곳 생활도 몇 달을 버틸 수 있을 것 같다!

강 사장이 식사비용을 대는 조건으로 형사는 우리에게 빵과 물대신 한국식으로 밥과 반찬을 지급해주기로 했다. 조금 전 흰 쌀밥에 계란, 토마토가 섞인 닭고기 요리와 김치 맛 나는 나물로 한 그릇을 깨끗이 비운 후 감격스러운 글을 쓰고 있다. 이 얼마만에 느끼는 정신과 육체의 온전한 포만감인가? 육체라함은 한 달 만에 목욕을 하고 쌀밥에 반찬을 곁들인 식사를 의미하며, 정신이라 함은 누구의 간섭 없이 내 생각을 글로 옮길 수 있음을 의미한다. 비록 석방은 되지 않았지만 하루만에 대단한 변화가 아닐 수 없다! 이 모든 것이 둥치를 떠나올 때 따스한 태양으로 임한 주님의 은혜임을 고백한다. 내가 이렇게 감동하는 환경은 누군가의 눈으로 보면 형편없이 열악한 환경일지 모른다. 중국의 외딴 형무소 독방신세에, 식사라곤 밥 한 공기와 입에 맞지 않는 반찬 두 가지 뿐……. 그러나 누가 뭐라 해도 이 상황이 난 너무도 행복하다. 내가 행복한 것은 이런 열악한 상황에서도 감사할 수 있는 정신의 가난함 때문이다. 그래서 모든 것은 사람의 마음먹기에 달렸다는 말을 전적으로 동의한다. 지금 이 글도 볼펜심이 나오지 않아 입으로 끝 부분을 크게 불거나 앞부분을 세게 흔들어 가며 쓰고 있는 중이다.

지금 나는, 어둠의 끝에서 한줄기 빛을 본 느낌이다. 이제껏 걸어온 길이 헛되지 않음을 알려주는 빛이기에 터널을 지난것 만큼이나 기쁘다, 여전히 혼자지만 외롭지 않다. 내 안에 들어온 희망의 불씨를 보았기 때문이다. 그것의 정체가 무엇인지 확실히 알지 못하나 절망을 먹고 자란 희망이기에 더욱 소중하다. 절망이란, 지금의 내 위치를 객관적으로 파악할 수 없는 상태 즉, 여기가 어디이며 얼마나 더 가야하는지도 모르는 상태를 말한다면 나는 지금 그 절망의 끝에 온 것 같다. 그러나 그 절망의 끝이 상황의 종결이 아님을 인식하자. 매사에 신중하고 경솔하지 않도록 오늘의 기쁨을 자제하고 내일을 위해 내 안의 희망을 조금만 잠재우자!

예전에 감명 깊게 본 영화 "쇼쌩크의 탈출" 중에서 탈옥한 순간 쏟아지는 비를 맞으며 하늘을 향해 두 팔을 벌리고 있는 장면이 떠오른다. 이 영화를 좋아하는 이유는 처음부터 탈옥에만 초점이 맞춰진 다른 영화와 달리 자신이 처한 현실을 고려해 희망을 단계화 시킨다는 점이다. 살인죄의 누명을 쓴 주인공은 자신이 처한 현실을 정확히 인식하고, 자신의 힘을 키워간다. 이쯤 되면 탈옥을 시도할 만한데 그는 이때부터 희망의 단계화 작업에 들어간다. 첫째로, 그는 교도소의 도서관의 사서로 있으면서 죄수들이 충분하게 볼 수 있는 책을 공급해 달라고 주 정부에 수 년 동안 탄원서를 제출한다. 결국 그 탄원서가 받아들여져 죄수들이 충분한 책을 읽을 수 있게 된다. 그들의 모습을 보며 그는 이런 생각에 잠기는 듯하다.

'아! 꿈은 스스로 포기하지 않는 한 반드시 이루어지는구나!!'

둘째, 교도소에 들어온 죄수 중에 글을 읽을 줄 모르는 젊은 친구를 개인 교습하여 그에게 글을 가르친다. 인상적인 부분은 주인공이 자기 방의 벽면에 그 시대를 대표하는 여배우의 포스터를 바꿔 가며 붙여놓는 장면이다. 마릴린 먼로, 리타 헤이워드, 제인 폰다…….

감옥생활은 단절된 곳이므로 세상이 어떻게 돌아가는지를 알 수 없다는 한계를 시대를 대표하는 여배우의 스타일을 보면서 바깥세계의 흐름을 간파하려는 것이다. 결국, 그가 노인이 되었을 때, 희망은 반드시 이루어진다는 확신, 전문적인 능력, 시대흐름에 대한 정확한 파악이 이루어졌을 때 평생을 준비해 온 탈옥에 성공해 극적으로 자유인이 된다. 이 영화에 주목하는 것은 희망을 단계화시켜 자신의 목표를 이루려는 주인공의 자세가 오늘 나에게 절실히 요청되기 때문이다. 그가 죄수라면 나도 죄수이고 그가 해방을 원한다면 나 역시 해방을 원한다. 그렇다면 무엇으로 희망을 단계화해서 이 힘든 감옥생활을 견뎌 낼 것인가?

그것은 지금 경험하고 있는 특별한 체험을 기록하는 것이다. 이 글을 끝까지 쓸 수 있을 것인지, 출판이 되어 책으로 나올 것인지는 알 수 없으나 좋은 결과를 기대하며 보고 듣고 경험하고 깨달은 것을 성실하게 기록할 것을 다짐해본다.

Friendship is······

1월 27일

  저녁을 먹은 포만감으로 글을 쓰고 있을 때, 검은 색 뿔테 안경을 쓴 젊은 간수가 잠시 주변을 살핀 후 나지막한 목소리로 날 부르더니 쪽지 하나를 건네었다. 이 곳에 온 이후 여러 면에서 친절을 베풀어준 고마운 친구다.

"What do you think . Write it. I can help you, friend!!"

  순간, 감전 된 듯 말로 표현할 수 없는 감동에 휩싸여 그가 사라진 이후에도 한참동안을 그 자리에 서 있었다. '마음속에 있는 생각을 쓰라고······ 날 도와주겠다고······'

이제껏 살면서 읽어왔던 글 중에 이만큼 삶의 구체적인 영역에서 한 줄기 빛으로 다가온 글이 있었는가? 이 문장은 내게 복음이고 그는 주님이 보낸 천사다!

이 곳에도 자기의 위험을 무릅쓰고 남을 도와주려는 사람들이 있다는 사실에 감사의 고백이 절로 나왔다. 특별히 마지막 문구가 나를 감동시켰다.

friend!!

이 단어는 밤하늘에 밝게 빛나는 별처럼 지치고 상한 내 마음에 별이 되어 박히고 있었다. 간수가 죄인에게 아무 대가 없이 도와주겠다고 하는 것은 상식적으로 설명 될 수 없는 일이다. 그가 건넨 메모지 뒷면에 영국에 있는 형 연락처와 지금 상황을 가족들에게 알려달라는 내용의 글을 썼다. "너는 내게 부르짖어라, 나는 네게 응답하겠고 네가 알지 못하는 크고 은밀한 일을 네게 보이리라" 이 말씀이 며칠 전부터 계속 떠올랐는데 이제야 그 의미를 알 것 같다.

그가 방문을 열었다.

그가 하는 일은 하루에 두 번 따스한 물을 공급해주고 배설물을 갈아주는 일, 때 마다 식사를 공급해 주는 일, 요구 사항이 있을 때마다 공안에게 우리의 의사를 전달해 주는 일 등이다. 오후에 한 번 더 그에게 쪽지를 건넸다. 4호실에 있는 김 부장에게 여행을 떠나기 전, 짐을 맡긴 하얼빈의 호텔이름을 알려 달라는 내용이었다. 한 달이 넘도록 연락을 하지 않았기에 가방 안에 들어있는 짐들과 카메라가 걱정되었다. 저녁 무렵, 내가 알려준 번호가 틀린 것 같다며 다시 한번 번호를 부탁했다. 급하게 서두르다 보니 맨 앞쪽의 국가 코드 번호를 적지 않았던 모양이다.

다음날 아침, 평소처럼 글을 쓰고 있는데, 복도에서 강 사장의 목소리가 들렸다. 간수들에게 들키지 않도록 작은 목소리로 서로의 안부를 물었다. 그가 대화 말미에 다시 조사를 받을 때 촬영을 지시한 사람이 누구냐고 물어보면 자기가 시켰다고 말을 바꾸라고 했다. 나를 보호하기 위해 자기가 모든 혐의를 지겠다는 의도였으나 이제까지 진술에서 김 선배의 부탁으로 찍었다고 진술했는데 그 말을 갑자기 바꾼다는 것에 마음이 편치 않았다. 고민 끝에 점심 식사를 제공하기 위해 찾아온 그에게 강 사장에게 보낼 쪽지를 건네었다.

오후 두 시 경, 일주일 만에 형사의 4차 심문이 시작되었다.

자리에 앉아 심문을 받으려는데 형사가 화난 표정으로 말없이 쳐다보기만 했다.

그리곤 뜬금없이 "당신은 성실한 사람이 아냐. 교활한 거짓말쟁이지. 맞지?" 하면서 조금 전 간수에게 주었던 쪽지를 가방에서 꺼내는 것이 아닌가?

  아니 이런 세상에……

  숨이 막혔다!

  머리 속에 저장된 모든 언어를 상실한 듯 어떤 말도 생각나지 않았다. 어떻게 이 쪽지가 그의 손에 들어갔지!! 믿었던 친구였는데……. 말할 수 없는 배신감에 몸이 심하게 떨렸다.

  '친구라고 먼저 다가와 뒤통수를 치는 것이 네가 이해하는 친구냐?' 며 간수에게 달려가 따지고 싶었으나 태연한 척하며 형사가 묻는 질문에 성실하게 답하려 애를 썼다. 어떤 목적으로 촬영을 했으며 무엇을 찍었는지를 묻는 형사는 심문과정 내내, 믿었던 부하에게 배신당한 보스가 끌어 오르는 감정을 억누른 채 '날 배신하면 어떻게 되는지 똑똑히 보여주지' 를 암시하는 냉소적인 시선으로 나를 바라보았다. 심문이 끝난 후 착잡한 심정으로 방에 돌아와 글을 쓰고 있는데 간수가 공안이 압수하라고 했다며 쓰고 있던 펜을 줄 것을 요구했다. 마음속에선 욕을 퍼부었지만 겉으로는 펜을 건네고만 있을 뿐이었다.

  '이게 도대체 무슨 일이니. 어!'

  머리 속은 날카롭게 힐난하는 내 안의 자아에게 진땀을 흘려가며

상황설명을 하고 있었고 나의 손은 모든 상황이 원점으로 돌아갔다
는 절망감에 애꿎은 담벼락만 길게 자란 손톱으로 상처를 내고 있었
다.

　"당신 입장에선 충분히 저를 교활한 사람이라고 볼 수 있다고 생
각해요. 그러나 한편으론 나도 피해자입니다. 쪽지를 처음부터 쓸
생각은 없었어요. 토요일 밤에 날 도와주겠다며 한 간수가 날 찾아
왔습니다. 그가 돕겠다는 말만 하지 않았어도 이 쪽지를 남기지 않
았을 겁니다. 동기부여를 하고 구체적으로 도운 사람이 그 간수란
말입니다. 내가 잘못했다면 그도 책임이 있는 거 아닌가요? 그러나
나는 그가 처벌당하는 것을 원하지 않아요. 대신 이번 일을 없던 일
로 해주세요. 그렇지 않고 이 메모를 법정에서 증거 자료로 사용한
다면 그를 반드시 언급할 것입니다. 내가 다치면 그도 다칩니다."
　고민 끝에 이렇게 생각을 정리하고 나니 마음이 한결 가벼웠다.
　다음 날 아침,
　변함없이 그가 내 방에 찾아왔다. 어떤 사과도 없이 태연하게 행
동하는 그에게 몹시 화가 나 있었지만 그 일에 대해 어떤 언급도 하
지 않았다. 펜을 압수당했기에 그저 방안을 거닐면서 생각하는 것만
으로 길고 긴 시간을 보내야 했다. 나는 예전처럼 마음의 평안을 찾
았으나 시간이 흐를수록 오히려 그의 얼굴이 어두워져 갔다. 예전보

다 부쩍 복도를 거니는 횟수가 늘어났고 생각에 잠기다가 깊은 한숨을 쉬는 모습도 자주 눈에 띄었다. 그를 보면서 마음을 바꾸기로 했다. 그를 용서하기로……. 그는 정말이지 성실하고 친절한 사람이다. 그에게 상처를 주는 것이 계속 마음에 걸렸다. 마음을 정하고 며칠 후, 그가 밤중에 나를 찾아왔다.

"지금 뭐해?"

그가 물었다.

"그냥 이런 저런 생각을 하고 있어."

"무슨 생각?"

"집 생각."

어색함을 피하기 위해 눈을 감은 채 먼저 말을 꺼냈다.

"잠시 동안 내가 하는 이야기를 그냥 들어줄래?

"…"

"네가 형사에게 쪽지를 건네었다는 것을 알고 있다. 그러나 난 너를 용서할거야. 넌 나의 친구거든. 여전히 널 믿고 싶어."

"…"

깊은 한숨을 쉰 후 그가 조심스럽게 말을 꺼냈다.

"쪽지를 형사에게 준 것은 정말 미안해. 하지만 그 메모는 내가 감당하기엔 너무 벅찼어. 잘못하면 큰 위험에 빠질 수 있었거든……. 나도 그 일로 마음이 편치 않았어. 진심으로 사과할게. 미안해"

"…"

나는 충분히 이해한다는 표정을 지으며 말을 이어갔다.

"Friendship is very difficult. Because friendship is trusting!!"

그렇게 우리는 극적인 화해를 했다.

그가 잠시 후 사무실에 갔다 오더니 종이와 펜을 가지고 왔다. 내 연락처와 주소를 적어달라고 한 다음 무언가를 쓰고 있었다. 평소에 그렇게 물어도 말해 주지 않았는데……. 흰 종이 위에 아름다운 보석이 박히고 있었다.

왕징후이! 그의 이름이었다!!

베이징에서 온 손님

1월 28일

이중창 유리의 한 부분이 깨져 그 사이로 차가운 바람이 들어와 간밤에 잠을 자다 여러 번 깼다. 잠자리의 위치를 옮겨보기도 하고 가죽점퍼를 입었음에도 추위를 막을 도리가 없다. 밤새 뒤척이는 동안 날이 샜다. 아침식사로 죽과 나물이 나왔다. 어제부터 교도소장이 식사 장면을 지켜보았다. 나를 바라보는 그의 시선은 자녀를 걱정하는 부모의 시선처럼 따스하고 자상했다. 식사 후 마루를 거닐며 생각에 잠겼다. 시간이 가는 것이 느껴지지 않을 정도로 하루가 금새 갔다. 그것만으로도 정말 행복하다. 둥치를 떠난 지 며칠이 안되었음에도 그들의 모습이 눈에 아른거린다. 지금쯤 종자오링, 지충루, 쓰루그루, 추루 등이 모여 카드를 하고, 후치산은 왼쪽 벽에 기대어 특유의 웃음을 지을 것이며 보친로는 한쪽 구석에서 간수가 부탁한 옷을 열심히 빨고 있겠지! 과거를 추억하게 하는 힘은 무엇일까? 좋았던 그때로 되돌아갈 수 없다는 아쉬움과 나빴던 그때로 되돌아가지 않아도 된다는 안도감에서 비롯되는 여유가 아닐까?

내 안에 그런 감정이 담겨져 있음이 감사하다. 오늘 일어났던 일도 미래엔 아쉬움과 여유를 불러일으키겠지……얼굴에 가득 미소를 지으며 그때 그런 일도 경험했구나 하며 행복감을 느끼겠지. 지금도 이렇게 행복한데…….

독방생활을 한지 사흘이 지났다. 방을 혼자 사용했기에 공간의 여유가 많았다. 걷기, 뜀뛰기, 멀리뛰기, 높이뛰기, PT체조 등을 했다. 몸 관리가 곧 정신관리와 직결됨을 절감한다. 꾸준히 규칙적인 운동을 하려한다. 마루를 거닐고 있는데 이쪽을 향해 누군가의 발자국 소리가 들렸다.

"Come out"

1층으로 내려가는 문 앞에 여성 공안이 바톤 터치하듯 기다렸고 그녀를 따라 밖으로 나갈 때 슬쩍 사무실의 시계를 보니 11시 5분을 가리켰다. 두 개의 건물을 지나 계속 눈길을 걸어갔다. 그녀는 저 앞에 중국기가 게양되어 있는 건물 안으로 들어가려는 눈치다. 그 앞에는 고위급 간부용으로 보이는 두 대의 승용차가 보였다. 한 대는 푸른색 아우디였고, 다른 한 대는 자주색 포르쉐였다. 복도 끝에 정면으로 방이 하나가 있었고 그 곳으로 나를 인도했다. 그 안엔 낯선 사람들이, 나를 기다리고 있었다. 사무실은 무척 고급스러웠고 테이블 위엔 중화인민공화국을 상징하는 붉은 깃발이 꽂혀 있었다. 사람들의 공간 배치엔 적당한 힘의 균형이 느껴졌고 그 균형에서 적당한 긴장과 안정감이 나오고 있었다. 나를 중심으로 양측과 중앙에 각각 두 사람이 앉아 있었다.

중앙에 있는 사람이 말문을 열었다.

"안녕하세요, 반갑습니다. 오영필씨 맞습니까?"

오랜만에 듣는 서울말씨였다.

우리를 만나기 위해 북경에 있는 영사관이 직접 찾아온 것이다. 한눈에 봐도 고급인텔리처럼 차분한 말투에 적당한 기품이 느껴졌다. 이런 부류의 사람이 나에게 관심을 갖는다는 것에 근거 없는 뿌듯함이 느껴졌다. 그는 먼저 건강상태를 물었다.

"특별히 아프거나 이 곳 생활에 불편은 없나요?"

며칠 전, 이곳의 교도관과 담당형사가 각별하게 관심을 가졌던 이유를 알 것 같았다. 그는 미리 준비한 노트에 메모를 해가며 이번 사건에 관한 몇 가지 질문을 했다.

"언제 처음 중국에 왔습니까?"

"12월24일입니다."

"어디로 오셨나요?"

"심양을 통해 왔습니다."

"강 사장은 언제 만나셨나요, 25일 입니까?"

"아닙니다. 26일 새벽 연길에서 만났습니다."

"중국엔 무슨 일로 오셨나요?"

"중국의 한류열풍을 취재하기 위해 심양에 왔습니다."

"계속 이야기하세요."

"그곳에서 이틀 동안 촬영을 하고 25일 오후 5시 40분 기차로 연길로 가서 강 사장을 만났습니다."

"지금 소속은 어디입니까?"

"요즘은 'ㅇㅇㅇ프로덕션과 일하고 있습니다."

"그러면 이후엔 강 사장님이랑 함께 계셨겠네요."

"예."

"강 사장님을 만나서 무엇을 찍었습니까?"

"탈북자의 이동경로를 찍었습니다."

"강 사장님은 어떻게 알게 됐습니까?"

"제가 평소 친분이 있는 선배를 통해서요."

"그 분은 뭐 하는 분이세요?"

"그분도 프로듀서로 일하고 있습니다."

그는 이야기를 들으면서 중요하다고 판단되는 부분은 메모해 가며 생각에 잠긴 다음 질문을 던지는 식이었다.

"결혼은 하셨습니까?"

"아뇨. 아직……."

"그럼 가족은?"

"서울에 어머니가 살고 게십니다. 연락처는 있나요?"

"예. 02) 848-＊＊＊＊."

"핸드폰은 있으신 가요?"

"예. 제가 염려되는 것은 1월15일쯤 저희가 이사를 하기로 되었는데 이사를 했는지 아니면 그대로 살고 있는지 궁금하네요."

"핸드폰은 어머니가 직접 받으시나요?"

"예."

"그럼 됐어요. 혹시 모르니까 다른 분 연락처 있으세요?"

"좀 전에 말씀드린 선배 연락처는 018-393-＊＊＊＊. 임현석은 제 친구인데 016-654-＊＊＊＊."

"혹시 제게 하고 싶은 말 있으세요."

"어머님께 연락을 부탁드립니다. 한 달째 연락이 없어서 걱정을 많이 하실 텐데, 제가 무사히 잘 있다고 꼭 좀 전해주세요”

적지에서 아군을 만난 것 같은 든든함이 생겼다. 헤어질 때 먼저 그에게 악수를 청했다.

“감사합니다. 저희를 만나기 위해서 이 먼 곳까지 와주셔서……”

대화를 마치고, 돌아오는 복도에서 다른 일행들을 스치면서 잠깐 보았다.

김 부장과 철민씨는 벽에 기대어 있었고 강 사장은 문틈 사이로 인터뷰는 잘 했는지를 물으며 밝은 표정으로 눈인사를 했다. 거기에 화답하듯 손을 흔들었다. 돼지고기 찜, 두부무침, 김치로 점심을 맛있게 먹고 기분 좋게 낮잠을 청했다. 적지에서 아군을 만난 뿌듯함이 이런 것이구나 라는 생각을 하면서……

편지

2월 12일 화요일

오늘은 설날이다. 방안에 사람들은 아무도 없다. 간수들의 특별한 배려로 모두들 밖에 나가 중국특유의 명절 행사를 지내고 있기 때문이다. 중국에서 설날은 정말이지 큰 행사다. 몇 시간째 계속 폭죽이 터지는 소리만 들리고 있다. 게다가 연휴가 8일이라니……. 다음 주 월요일까지 모든 관공서나 직장이 일을 하지 않는다고 한다. 이 곳 하이라얼의 형무소에서도 명절이라고 아침에는 땅콩, 사과, 배, 과자가 저녁에는 쌀밥이 지급되었다. 과거의 묵은 때를 벗어버리고 새로운 마음으로 시작하고자 하는 모든 인간들의 보편적인 감정이리라. 감옥에서 새해를 맞이하리라곤 상상조차 못해봤지만 어찌됐든 나는 지금 감옥에 있고 이 상황에서 새해를 맞이해야 하는 것을 어찌하랴……. 내가 잊고 싶은 과거는 어쩌면 지금 현재형으로 진행되고 있는 상황이리라. 그러나 현실을 부정하지 않고 사실대로 받아들이는 것도 현재를 과거로 바르게 인도하는 최선은 아닐까?

좀 전까지 '추용'과 카드놀이를 했다. 이 곳에서의 가장 큰 행복은 시간이 가는 것을 느끼지 못하는 것이다. 2주 동안 독방생활을 하다 옮겨온 이 곳 분위기는 그 동안 만나본 사람들과 조금 달랐다. 사람들 모두 온순하고 침착하며 죄수들끼리의 서열이 없는 듯하다. 하는 일도 누가 일방적으로 시키는 것이 아니라 상황에 따라 알아서 스스로 하는 분위기다. 나에 대해서도 유별난 관심을 보이지 않는다. 이들의 격의없는 태도는 풍성한 식사만큼 나를 행복하게 한다. 이들은 마치 군대의 고참들처럼 행동이 자연스러우면서도 절도가 몸에 배어있다. 자신이 해야 할 일은 정확히 하면서도 상대방을 여유롭게 대하는 모습, 현재 상황을 비관하지 않고 자신의 삶으로 받아들이는 모습 등은 중국인 특유의 낙천성이 드러나는 대목이다. 나는 겨우 한 달을 조금 넘겼음에도 대단한 무엇을 해낸 것처럼 대견해하고 있으니 이들을 따라가려면 아직도 멀었다. 그들의 이러한 낙천성은 어디서 기인할까? 아마도 자신에 대한 신뢰에서 찾아야 하지 않을까! 어떤 상황에서도 나를 사랑하고 믿어주는 태도, 그것만이 한치 앞도 알 수 없는 지금의 불안감을 물리칠 수 있는 유일한 대안이다. 어떤 때는 마음의 안정을 찾다가도 얼굴에 수심이 가득한 어머니를 생각하면 불쑥 튀어나오는 불안과 근심들로 인해 잘 버텨왔던 마음도 여지없이 무너지곤 한다.

독방생활 때는 누구의 간섭도 받지 않고 자유롭게 대, 소변을 했지만 이곳에서의 대변은 아침과 오후에 정해진 시간, 복도 끝에 있는 화장실에서 일을 봐야한다. 안나오는 배설물을 억지로 나오게 하는 것과 나오려는 것을 억지로 참아야 하니 그것의 부자연스러움은 이루 말 할 수 없다. 담당 형사가 하루 빨리 왔으면 좋겠다. 이런 사정을 알려 어떤 조치가 취해졌으면 하는데 앞으로 일주일을 기다려야 하다니……. 그 동안 어떻게 참고 견뎌야 하나 지혜가 필요한 상황이다.

고국에 계신 어머님께.
어머니 안녕하세요.
오늘도 아침 일찍 일어나 저를 위해 눈물로 기도하신 후 일터로 나가셨겠죠. 자식 놈이 한 달이 넘도록 아무 소식이 없으니 얼마나 속이 타시겠습니까? 제가 살아있음만이라도 전할 수만 있으면 얼마나 좋을까요? 이 곳에서 여러 방면으로 소식을 전하려 했음에도 잘 되지 않아 제 속은 당신처럼 타들어 갑니다. 저는 어머니의 기도와 사랑 덕분에 잘 지내고 있습니다. 1월 중순에 새 집으로 이사를 하기로 했는데 예정대로 이사는 잘 하셨는지요? 저를 기다리다 날짜가 지나지는 않았는지, 아직도 제가 오기만을 기다리고 있는지……어머니에 관한 모든 것이 궁금합니다.

새해 첫날!!

어머니가 손수 끓여 주신 맛있는 만두국을 먹으며 가족들과 함께 대화를 나누었던 일들이 한 장의 흑백사진처럼 제 마음에 아른거립니다. 이번 설날은 어머니 혼자 쓸쓸히 보내시지는 않은지……. 임실에 계신 누님이 오셔서 잠깐이라도 함께 계시면 좋을 텐데……. 눈을 감으면 어머니 생각이 절로 납니다. 평생을 저희 뒷바라지하느라 쉬는 날이 거의 없으셨던 당신의 척박한 삶의 생명력이 어디에 기인하는 것인지 아직도 잘 모르겠습니다. 평소 저 때문에 많은 근심 가운데 계셨는데 이번 일로 또 마음을 아프게 해서 어떤 말씀을 드려야 할지……. 처음엔 식사와 배설, 의사소통에 이르기까지 이 곳 생활이 적응이 되지 않아 무척 힘들었습니다. 그러나 지금은 이 곳 친구들이 많은 부분, 도움을 주고 있어 별무리는 없습니다. 요즘엔 아침 일찍 일어나서 운동도 하고 기도와 명상을 통해 자신을 돌아보는 반성의 시간을 갖고 있습니다. 이 곳의 하늘은 무척 푸르고 맑습니다. 시원한 공기를 호흡하며 다짐을 합니다. 어머니!! 당신의 마음속에 제가 지워지지 않는 한 반드시 살아있을 것이며 살아서 다시 만날 것을 확신합니다.

아직 재판이 시작되지 않아 확실한 것은 모르겠지만 아마도 2월말이나 3월 중순경이면 석방되리라는 조심스러운 예측을 해봅니다. 다시 만나는 동안 늘 건강하시고 어머니의 마음에 언제나 제가 있는 것처럼 제 마음속에도 어머니의 모습을 간직하겠습니다.

주님 안에서 평안한 마음 유지하시고 몸 건강히 계십시오.

중국 하이라얼에서 영필 올림.

2월 13일 수요일

　내 몸의 시계가 나를 깨웠다. 두 달 정도의 이곳생활에서 얻은 것은 시, 공간의 영향을 받지 않고 내면의 안정감을 유지하는 것 즉, '지금 있는 이곳은 주님이 허락한 최선의 상태라는 긍정적인 태도를 소유하는 것이다.' 외부의 어떤 요인에 쉽게 영향을 받지 않는 내면의 안정된 상태, 이것을 '평상심'이라고 규정하고 싶다.

　몇 년 전, 이런 '평상심'을 느낄 수 있었던 한 여성을 만난 적이 있다. 수많은 무리 속에 조용히 숨어 있지만 나는 한 눈에 그녀를 알아봤다. 어느 한 구석 어색한 곳이 없는 균형잡힌 그녀의 얼굴을 들여다보면 그녀의 마음상태가 그대로 느껴졌다. 그녀를 본 순간, 이야기를 나누고픈 충동을 느꼈으며 운좋게도 얼마 후 그녀와 교제를 하게 되었다. 그녀를 만나서 이야기를 나누면 마음이 편해지고 목소리마저 낮게 깔리는 저음이 나올 정도였다. 만나면 대부분 그녀는 내 이야기를 듣기만 했음에도 나는 그녀에게서 충만한 무언가를 받았다. 그것은 그녀 안에 있는 안정감의 기운이었다. 그녀와 교제한 지 6개월 만에 이별을 해야 했지만 이후에도 서로에 대한 존경과 깊은 이해의 관계를 유지했다. 그녀의 아름다움은 내면 깊은 곳에서 우러나오는 존재론적 안정감이었고 그녀를 좋아했던 이유도 그 안정감을 공급받았기 때문이었다. 그러나 돌아보건대 그것이 바람직한 교제의 모습은 아닌 듯 하다. 부족한 부분은 스스로 노력해야지 다른 이의 도움을 받는 것을 당연히 여기면 안되기 때문이다. 그 이후로도 몇 번의 교제를 경험했지만 그 때마다 오랜 관계를 유지하지 못한 것은 나의 이상적인 모습을 상대 여성에게서 보기를 원했던 실수를 반복했기 때문인 듯하다. 이제 더 이상 상대에게 내가 원하는 바를 요구하지 않으려 한다. 외부 상황에 흐트러짐이 없는 평상심을 지닌 모습!! 평상심은 오뚝이처럼 넘어지면 다시 일어서는 중심 추와 비슷하며 그것은 나를 사랑하는 마음에서 비롯되는 것 같다. 평상심이 깨지면 마음에 근심이 생기고 자신의 행동에 불안감이 묻어난다. 불안감이 느껴지는 사람은 신뢰감을 갖기 힘들고 신뢰감이 없으면 더 이상의 깊은 대인관계는 맺기 힘들다. 개인적으로 평상심을 깨는 것의 가장 주된 요소로 게으름을 꼽고 싶다. 게으르면 육체는 편하나 나를 둘러싼 모든 시스템의 지연을 초래하여 나중엔 반드시 서두르는 행동이 나올 수 밖에 없고 그것을 회복하기 위해 무리하게 속도위반을 해야 한다. 곧 게으름은 삶의 전체적인 균형을 깨트림으로 이를 극복하기 위해서는 자기관리능력이 중요하다. 자기 관리 능력의 시작은 몸 관리에서 출발한다. 몸 관리를 잘하지 못하면 시간관리를 잘 못하고 시간관리를 못하면 자기감정 조절능력이 부족할 수 있다. 지금 언급하는 대표적인 사람이 바로 나 자신이다. 나는 이곳에 오기 전까지 무척이나 게을렀고 씻는 것과 운동하는 것을 싫어했으며 약속을 하면 항상 10분 이상 늦곤 했다. 그렇다고 집에 있을 때 생산적인 일을 하는 것도 아니다. 단지 움직이기 싫고 기다리는 시간이 아까워서 늦게 나서는 것이다. 반대로 주변에 시간 약속을 잘 지키는 사람이 있으면 그를 떠올려 보라. 그는 자신이 해야 할 일은 정확하고 성실하게 처리하는 사람일 것이다. 이것은 사람마다 다양한 체질과 스타일의 차이라고 볼 수 있으나 근본적인 것은 스스로 세운 원칙을 얼마나 잘 지키느냐의 문제일 수 있다. 결국, 게으름에서 비롯된 부실한 자기관리와 대인관계는 자기와의 싸움이라는 좀더 내밀한 부분에서 그 원인이 있음을 직시해야 한다. 그리하여 "수신제가 치국평천하"라는 고사 성어는 세상의 보편적 진리일 수 있고 평상심은 '수신'을 거쳐 '평천하'를 이루기 위한 내 안의 소중한 작은 씨앗일지 모른다.

2월 14일 목요일

　무력감과 우울함이 섞여 있는 약간 처진 상태가 나를 짓누르고 있다. 원인은 변비다. 이들과 식사시간이 다름으로 신체리듬이 다를 수 밖에 없다. 그래서 요 며칠은 한 밤중 몰래 일을 보다가 그들에게 들켜 핀잔을 들어야만 했다. 그런 이유로 식사와 배설시간은 대면하고 싶지 않은 불청객이다. 이 문제를 해결하지 않고서는 이들과 잘 지내기는 불가능하다. 평상심을 잃지 않기 위해서 열심히 노력해 왔는데 예상치 못한 곳에서 복병을 만난 격이다. 밤새 고민하다 이 문제에 대해 솔직하게 털어놓고 도움을 요청하는 글을 간수에게 전했다. 어떤 반응을 보일지 궁금하다. 배설의 문제가 심리적인 부분에 이렇게 큰 영향을 끼칠지 전혀 예상하지 못했다. 간수가 다시 오면 식사시간도 이들과 맞춰달라고 요청할 계획이다. 우리의 삶은 이런 사소한 일들로 희로애락을 느끼는가 보다. 오후 2시쯤 간수가 방문을 열고 들어왔다. 내 글을 참고하여 방을 옮겨 주기로 했다며 불편한 상태를 재확인하고 짐을 정리하라고 했다. 내심 예전의 독방생활로 돌아갈 수 있으리라는 기대를 가졌으나 단지 옆방으로의 이동뿐이었다! 특별히 이 곳엔 영어를 할 줄 아는 친구가 있었고 그가 기본 수칙들에 대해 이야기해 주었다. 그나마 의사소통을 할 수 있는 사람이 있어서 천만 다행이다. 간수의 배려로 이곳으로 옮겨 준 것이었지만 방안의 분위기는 예전의 그곳보다 훨씬 삭막했다. 40대 중반의 눈매가 매서운 고참의 표정은 나를 더욱 주눅 들게 했다. 짐을 풀기가 무섭게 내면으로부터 이 곳을 떠나고 싶다는 충동에 사로잡혔다. 화장실에 다녀올 때 실수로 오물통을 허술하게 들고 오는 바람에 그가 다짜고짜 알아들을 수 없는 중국말로 나를 쏘아보더니 옆에 있던 사람의 얼굴과 가슴을 때렸다. 방안은 순식간에 차갑게 얼어 버렸고 차려 자세에서 그의 위협적인 경고를 들어야만 했다.

"오 이런 세상에, 갈수록 태산이네. 좀더 나은 곳으로 보내 달랬더니…… 왜 이런 악재만 겹치는 거지……"

앞날이 캄캄했다. 과거에 묻혔다고 믿었던 불안감이 되살아나는 듯했다.

2002년 2월 15일

둥치에서 이곳 하이라얼로 옮긴지도 보름이 지났다. 시간이 나를 짓누르거나 극복해야 할 대상이 아닌 무언가를 창조해낼 수 있는 도구로 사용되고 있기에, 이곳은 더 이상 감옥이 아니라 더할 나위 없는 나만의 작업공간이다!! 반평생의 삶을 살아오면서 다양한 경험을 해봤다. 빼어난 자연, 고풍스런 역사적 흔적이 물씬 넘치는 외국의 여러 도시도 가보았고 가슴 시린 사랑도 해봤고 소중한 사람의 죽음을 옆에서 지켜봐야만 한적도, 경제적인 궁핍함으로 남몰래 눈물도 흘려 보았고, 생에 대한 철학적 고민도 오랫동안 했으나 감옥생활은 이번이 처음이다! 그 많은 경험들이 삶을 풍요롭게 했지만 감옥만큼 깊은 절망에서 마음의 평안에 이르기까지 다양한 스펙트럼으로 내 영혼에 영향을 끼친 사건은 없는 듯 하다.

감옥생활은 단순하다!

아침에 일어나면 배설과 식사를 하고 운동하고 마당을 거닐고 때가 되면 잠을 자는 것이 전부다. 지금껏 살면서 중요했던 것은 목표를 정하고 그것을 실현시키는 것, 의미 있는 사람들과의 만남과 정신과 육체의 필요를 채우는 것, 가족을 사랑하는 것 등이었다. 이것을 위해 잠을 자고 밥을 먹고 배설을 해왔으나 그것 자체가 목적이 되어 보기는 이번이 처음이다! 이런 생활은 정신적으로 엄청난 스트레스를 준다. 한번도 제한 당하지 않던 자유의지가 철저하게 통제

당하기 때문이다. 그건 마치 숨을 쉬지 못해 힘들어하는 것과 유사한 고통이다. 놀라운 것은 이것을 통해 한번도 경험해 보지 못한, 아주 깊은 행복감을 맛보고 있다는 사실이다! 이제까지는 어떤 행위를 해야 비로소 행복했는데 지금은 아무 것도 하지 않고 살아있음 만으로도 행복하다. 가령, 무의식에서 깨어났을 때의 안도감, 음식물을 먹을 때의 포만감, 배설할 때의 시원함, 생각한다는 것의 신비함, 태양의 성실함, 바람의 부드러움, 생명이 유지될 수 있도록 끊임없이 움직이는 인체 시스템에 대한 고마움…….

'존재의 경이로움에 대한 자각' 이라고 밖에 달리 설명할 길이 없다! 마치 얼굴에 무엇이 묻었는지 보기 위한 도구로 사용했던 '거울' 을 통해 자신을 발견한 느낌이다. 나는 움직이지 않아도 자유롭다! 살아있음 자체가 큰 축복이고 그 축복을 주님이 허락하셨다는 진리를 깨달았기 때문이다.

"진리를 알지니 진리가 너희를 자유케 하리라!!"

고로, 감옥생활은 주님이 날 사랑하시기에 허락한 특별한 선물이 아닐 수 없다!!

시간의 영향력에 대하여…….

인간은, 존재(Being)와 행위(Doing)가 함께 하도록 설계되었으며

Doing을 통해 비로소 Being이 온전해진다. 그러나 감옥은 인간의 존재와 행위를 강제적으로 분리하는 곳이며 인간의 생물학적 살아있음(Being)만 허락하는 곳이다. 세상은, 인간이 범한 죄의 대가를 지불케 하고 죄를 방지하기 위해 감옥을 만들었으나 이 곳은 사람들이 생각하는 것처럼 몸을 가두는 곳이기 보다 정신을 가두는 곳에 더 가깝다. 죄는 잘못 사용된 자유의지이며 그 의지가 담겨있는 정신을 제한함으로 죄를 억제하려는 듯하다. 이 과정에서 사용되는 고문의 도구가 바로 '시간' 이다. 바깥세상에서 시간은 돈이며 기회이며 자유이지만, 이 곳에서는 누구도 대면하기 싫어하는 끔찍한 불청객일 뿐이다. 밖에선 시간이 많은 사람이 부러움의 대상이나 이곳에선 시간이 적은 사람이 부러움의 대상이다!!

시간이 인간을 고문하는 첫 번째 방식은 '지루함' 이다!

이 곳 사람들에게 시간은 하루 종일 쓸어냈던 눈이 일어나서 보면 마당에 다시 수북이 쌓인 것과 같은 부담스러운 무엇이다. 그래서 시간을 잊을 수만 있다면 아무리 유치한 것이라 해도 모든 노력을 기울인다. 어떤 이는 카드에 목숨을 걸다시피 하고 누구는 몇 시간씩 쉬지 않는 대화를 나누고 마당을 하염없이 돌거나 굳이 더럽지도 않은 옷을 빨기도 한다. 나는 마당을 돌면서 생각에 잠기는 것을 즐긴다. 지루함이란 단조로움이다! 사람들은 이 단조로움을 피하기 위

해 새로움을 끊임없이 추구하지만 '

시간'은 집요하게 이 부분을 집중공략해서 인간을 괴롭히고 있다.

시간이 인간을 고문하는 두 번째 방식은 '상실감'이다!

시간은 심장을 향해 비수를 꽂는 날카로운 질문을 던진다.

"나는 누구이며 왜 존재하는가?"

머리가 지끈거리고 식은땀이 흐르기 시작한다. 존재에 관한 질문에 답을 하지 못할 때 느끼는 감정이 상실감이다. 이것은 마치 작은 물방울이 바위를 뚫는 것과 같으며 '당황'이 '고통'으로 바뀌면서 엄청난 파워로 나의 전 존재를 짓누른다. 그러므로 대부분의 사람들은 시간과 정면승부를 거는 것을 금기시 한다. 그러나 시간과의 싸움에서 이길 수 있는 몇 가지 방법이 있다.

첫 번째는 '일을 찾는 것'이다. 이 곳에서 내가 찾은 일은 글쓰기이다. '이 곳 생활의 경험과 사람들에 관해 혹은 떠오르는 심상에 대해 정기적으로 쓰고 있다.

두 번째는 사람과의 교제이다. 이 곳에서 만난 사람들과 음식과 옷을 나누며 그들의 몸을 안마해 주었다. 나눔은 마음 문을 열게 했고 그들은 자기 안에 있는 소중한 것을 함께 나누었다.

세 번째는 주님과의 만남이다. 태양은 내가 어디에 있든 변함없이 따스한 빛을 비추어 주는 것처럼 주님은 나의 절망을 희망으로, 눈

물을 웃음으로 바뀌게 하셨다. 그 분의 ' 임재의식 '으로 어떤 상황에
서도 흔들리지 않는 심리적 안정감을 얻었다. 고로, 나는 부유하다!!
　무엇을 얻어서가 아니라 그 무엇도 필요하지 않기 때문이다!!
　존재(Being)와 행위(Doing)의 일치감을 느끼지 못한다면, 시간이
통제하는 지루함과 상실감에서 자유롭지 못하다면, 지금, 우리가 사
는 세상은 감옥일지도 모른다!! 그래서, 우리는 우리의 삶이 행복과
기쁨의 시, 공간이란 것을 깨닫기 위해 열심히 살아가고 있는지 모
른다.

　결국, 나는 '사람이 만들어 놓은 감옥생활'을 통해 세상 자체가
감옥이란 사실을 깨닫고, 이것을 계기로 더 큰 감옥에서도 자유로울
수 있는 삶에 관한 일체의 비밀을 주님으로부터 공급받은 듯 하다!

네모에 대한
그들만의 지혜

2월 21일 목요일

새로 옮긴 곳에서의 적응에 노력을 기울이고 있다.

첫째는, 이들과의 배설시간을 맞추는 것이다. 먹는 것이 적으면 나오는 것이 적으므로 식사조절에 각별히 신경을 썼다. 둘째는, 펑신자오를 중심으로 돌아가는 이 방의 원칙을 지키려 하고 있다. 원칙을 깨면 엄한 경고와 가차 없는 징계가 신속하게 집행되었다. 그 원칙은 하나같이 까다롭다. 밥그릇은 땅에 놓으면 안되고 이부자리 개는 방법과 방향은 모두 같아야 하고 실내에서는 운동화가 아닌 실내화를 신어야 하고 펑의 이불은 절대 밟아서는 안 되고……

후용은 일어나자마자 그가 사용할 뜨거운 물을 준비하고 강여홍은 이부자리를 정리하고 왕웨이방은 옷을 빨아주고 나는 밤마다 그를 안마했다. 그는 이 모든 것을 아주 꼼꼼하게 체크했다. 그러나 원칙을 충실히 지키기만 한다면 이 곳도 지낼만하다. 펑은 우리를 부하인 동시에 가족으로 생각했다. 가족처럼 대해주는 모습은 함께 식사를 하며 목욕을 할 때 머리도 감겨주고 저녁엔 간식을 공평하게 나눠주는 식이었다. 그의 독특한 점은 체력관리 측면에서 두드러졌는데 심지어 우리의 체력도 강제적으로 함께 관리했다. 하루에 세 번 아침 식사 후, 오후 낮잠을 자고 난 다음, 저녁 식사 후 방 안의 마루를 이 백 바퀴를 돌고 팔굽혀펴기를 했다. 그가 먼저 절도 있게 팔굽혀펴기를 60회를 하면 그 다음 여홍이 45회, 내가 45회, 웨이방이 40회, 후용이 35회씩을 한다. 한 번 할 때 3회를 하고 이것을 하루에 세 번 하는 것이니 결국, 하루 아홉 번 펑은 540여 회를 하고 우리는 300-400여 회를 하는 것이다. 그는 자연스럽지만 우리는 할 때마다 새로운 땅을 개척하는 것만큼이나 고통스러운 중노동이다. 어깨와 가슴 부분에 통증을 느끼지만 하루를 마무리 할 때 마다 단단해진 가슴팍의 근육을 만질 때면 뿌듯함을 느낀다.

펑신자오!

그는 자기원칙에 충실한 사람이며 호탕하고 자상하며 편견이 없는 사람이다. 반면, 상대를 강압적으로 대하고 이해심이 부족하고 폭력적이다. 그런 그가 나에게는 상당히 우호적이다. 종이와 펜이 없으면 그 때마다 공급해 주었고 저녁이 되면 그 날 썼던 부분을 강여홍의 통역을 통해 듣는 것을 좋아한다. 그 시간은 평신자오 뿐 아니라 모두가 기다리는 시간이다. 특별히, 자신들에 관한 묘사부분과 둥치에서 이별할 때의 장면을 무척 재미있어 했다. 내가 좋아했던 시간은 저녁 무렵, 함께 혹은 한 사람씩 노래를 부르며 마루를 도는 시간이었다. 중국노래는 가사의 운율이 부드럽고 서정적이어서 듣고 있노라면 마음이 편해졌다. 그 곳에서 배운 노래는 '첨밀밀'과 '고향의 구름' 이다. 그 때 만큼은 언어와 국적의 '이질감' 이 드러나기보다 서로에 대한 애정과 처지의 '동질감' 이 드러났다!

2월 22일 금요일

식사를 급하게 먹다 체했나 보다.

대변이 급했으나 정해진 배설시간이 아니기에 온 몸에 힘을 주고 간절히 기도했다. 배를 움켜잡고 인상을 써가며 오버하는 모습에 친구들이 "따삐엔?"(대변)이냐고 물었지만 차마 그렇다고 말할 수 없어 대신 체한 것 같다고만 했다. 그러나 그것이(?) 급하다는 것을 눈치 챈 평신자오가 대변을 보라고 지시해 못이기는 척 일을 보았다. 일을 본 후 재빨리 자리에 누웠다. 아픈 척을 해야 배설시간을 어긴 것에 대한 동정표를 얻을 수 있으리라는 얄팍한 계산 때문이다. 생존하기 위한 잔머리는 특별히 배운 것도 아닌데 이렇게 적절하게 사용하는 내 자신에게 새삼 놀랄 뿐이다. 다음 날 아침, 펑신자오의 인기척에 10분 만에 배설부터 세수에 이르기까지 각자의 일을 마쳤다. 이 시간만 무사히 지나면 오후가 되기까지 한 숨을 돌릴 수 있다. 그런데 일이 터지고야 말았다. 무슨 영문인지 그가 왕웨이방을 일으켜 세우더니 기합을 주고 구타하기 시작했다. 평소에도 미숙한 일 처리 때문에 기합을 받긴 했지만 오늘은 정도가 심했다. 발로 배를 차다 넘어진 그를 일으켜 다시 얼굴을 때렸다. 그것을 지켜보고 있는 우리는, 웨이방과 똑같은 공포심을 느꼈기에 펑은 모두를 때리고 있었다. 나는 무슨 큰 잘못을 들키지 않기 위해 고개를 숙였고 웨이방은 더 이상 맞기 힘들다고 항복의 표시로 무릎을 꿇었으나 그의 감정은 나사가 풀린 것처럼 통제되지 않았다.

　‘도대체 당신은 왜 웨이방만 못살게 구는 거요?’

　격분이 일었다. 그 시선을 눈치 챘는지 갑자기 펑신자오가 뒤로 돌아서서 ‘너 지금 뭐라고 했어?’ 라는 표정으로 의미심장한 한마디를 던졌다.

　“이 놈을 더 때릴까 말까, 네가 결정해?”

때리지 말라는 표시로 눈을 감은 채 고개를 저었으나 그 속엔 나를 때리지 말라는 간절한 절규가 숨어 있었다. 감옥 안에 있는 것만으로도 힘든데, 누군가의 괴롭힘을 당하는 것은 정말이지 자기를 경멸하는 것에 기름을 붓는 것과도 같은 것이다. 가정이 있는 어엿한 30대 중반의 성인임에도 어린아이처럼 무기력하게 무너져 내리는 웨이방에 대한 연민과 살아남기 위한 졸렬함이 겹쳐져 그의 구타가 멈추었음에도 나는 여전히 스스로를 때리고 있었다. 식사가 끝난 후 펑은 조금 전에 무슨 일이 있었냐는 듯 분위기 전환용의 값싼 웃음과 수다를 남발했고 웨이방은 자신이 왜 맞았는지를 알 수 없다는 듯 입술을 굳게 다문 채 침묵시위를 벌였다. 그의 이런 분열증에 가까운 이중성에 하루에도 몇 번씩 방을 옮길 것인지에 대한 고민에 빠졌다. 주머니엔 언제부터인가 여차하면 그의 못된 행동을 간수에게 폭로하겠다는 쪽지가 들어있어 '나를 건드려보기만 해봐. 내가 당한 만큼 너도 당할 테니' 하는 가시 돋친 오기를 품게 했다. 그러나 노련한 펑은 외국인은 구타해서는 안 된다는 것쯤은 상식으로 알고 있었기에 직접 손대는 일은 없었다. 대신 나에게 불만이 있으면 다른 사람을 때리곤 했다. 그래서 오늘 아침 웨이방의 구타도 남의 문제라고 외면할 수 없다. 이렇듯 나의 언행에 무슨 잘못은 없었는지 돌아보게 하여 끊임없이 긴장을 유지케 하는 펑신자오는 감옥에 있는 동안 나의 이중성을 테스트하는 주님이 허락한 화두였다!

2월 25일 월요일

다시 몸살 기운이 생겼다.

둥치를 떠나기 이틀 전 심하게 몸살을 앓았는데 혹시 그때처럼 무슨 좋은 일이라도 생기려는 것일까? 평소 무리한 운동과 간밤에 찬 바람을 쐬었던 탓인가 보다. 몸이 아프면 마음까지 약해진다는 말처럼 집 생각이 자주 나고 이 곳 생활의 힘겨움이 새삼 나를 짓누르고 있다. 오전에 약을 먹고 따듯한 물에 발을 담갔다. 며칠 전 여홍이 가르쳐 준 생활에 필요한 단어와 문장들을 외우고 있다. 리엔(얼굴), 시에(신발), 야츠(이빨), 수이조(잠을 자다), 조루(걷다), 진 티엔(오늘), 씨엔 짜이 썸머 쓰지 엔.(지금 몇 시입니까?)

이렇게 배우는 중국말과 여홍과의 영어로 하는 대화는 닫힌 공간에서의 답답함을 해소하는 데 큰 도움이 되고 있다. 옆에선 오늘도 펑신자오의 팔굽혀펴기가 불변의 진리처럼 진행되었다. 여홍이 50회, 후용이 40회, 웨이방이 45회……. 다른 이는 횟수가 늘어나지만 몸이 좋지 않은 나는 40회를 벗어나지 못하고 있다. 변비는 여전하고 이들과의 관계는 어색한 분위기이다. 카드를 하는 중간 중간에 몸 상태가 좋지 않은 나를 향해 펑이 웃어 보이며 신경을 써주었다.
이들에게 테스트를 했다. 도형으로 알아보는 사람의 심리상태였는
데 결과가 무척 인상적이었다. 정사각형의 네모 가운데에 점은 ‘자
신이 바라보고 있는 지금의 나’를 뜻하는데, 펑은 아버지, 후용은
집, 여홍은 Good이라고 썼다. 풀이하면 펑은 이곳에서 자신을 아버
지라고 생각하고 있고, 후용은 이 곳을 집처럼 편안하게 느꼈으며
여홍도 지금 상황을 비교적 만족하고 있는 듯하다. ‘네모 안의 작은
네모는 자신이 되고 싶은 모습’을 뜻하는데 펑은 my self라고 후용
은 free, 여홍은 very good이라고 썼다. ‘네모 안의 양 쪽 대각선은
이성에 대한 자신의 생각’을 뜻하는데, 펑은 ‘여기서 나가고 싶은’,
후용은 ‘멀리 있는 친구 같은’, 여홍은 ‘very bad’라고 썼다. 펑은
아내만 생각하면 당장이라도 이곳을 나가고 싶어 했고 후용은 자기
아내를 부담 없는 편한 친구로 생각하고 있으며 여홍은 이번 일로
여자친구와 관계가 많이 나빠진 듯 했다. 그렇다면 나는 어떤가?
‘네모 안의 점’은 조용한 그러나 여전히 불안한, ‘네모 안의 네모’는
날아가고 싶은, 내가 누구인지 알고 싶은, ‘네모 안의 양쪽 대각선’
은 누군가 하염없이 울고 있는…….이라고 쓰고 있었다.

펑이 내게 말을 걸어왔다.

여홍이 써 준 노트를 근거로 서투른 대화를 나눈다.

"니더 밍즈 쓰 썸머? (당신의 이름은 무엇입니까)"

"워더 밍즈 쓰 펑신자오. (나의 이름은 펑신자오 입니다)"

"져쓰 썸머? (이것은 무엇입니까?)"

"져 쓰 춰왕후 (이것은 창문입니다.)"

"니 시환 티 유머? (당신은 운동을 좋아하십니까?)"

"쓰더 워 시환. (예. 운동을 좋아합니다.)"

잠시 후, 조사를 받고 들어 온 여홍의 표정이 어두웠다. 나가기로 한 날이 10일에서 50일로 연장되었기 때문이다. 그 문제에 대해 펑과 이야기를 나눈 후 그의 깊은 한숨이 방안에 퍼졌다. 창 밖의 햇살은 패배자의 처진 어깨 위에 머물렀고 방안의 침묵은 펑의 기침소리로 인해 간헐적으로 깨지고 있었다.

터널의 끝

3월 8일 목요일

드디어 담당형사가 왔다. 38일 만이다.

며칠 전 화장실에서 슬쩍 간수가 수사진행에 대한 이야기를 해줬는데 수사는 이미 끝났으며 조만간 한국의 형사가 우리를 인도하러 올 거라는 이야기였다. 재판도 없이 어떻게 사건이 종결되는지 궁금했다. 결과가 어떻든 이 곳 생활의 끝이 보이는 듯 해 안도의 한 숨이 나왔다. 한국을 떠난 지 벌써 석 달째다. 지금쯤 서울엔 화사한 개나리가 피어있겠지……. 이번 겨울은 어느 때 보다 춥고 긴 겨울을 보냈다. 다른 일행들은 담당 형사와 어떤 대화를 나누고 있을까? 계속해서 조사를 받을까, 아니면 사건 종결에 관한 지시사항을 듣고 있을까? 기다림의 시간동안 어떤 일이 벌어진 것일까? 너무나 궁금하다. 형사가 왔다는 소식을 듣는 순간부터 마음의 흥분이 좀처럼 가라앉질 않는다. 복도의 발자국 소리에도 민감해졌다. 책을 보고 있는 여홍에게 나가면 연락하겠다며 주소를 적어달라고 했다. 며칠 전부터 지금의 시간을 좀 더 값진 경험으로 승화시키기 위해 내년 이맘때쯤에 다시 중국에 오고 싶다. 이미 출감한 친구들을 찾아가 그 동안 어떻게 살고 있는지, 감옥생활이 그들의 인생에 어떤 영향을 끼쳤는지에 관한 다큐멘터리를 만들고 싶다. 지금 쓰고 있는 일기 중 애정이 가는 부분은 중국인 간수와의 만남, 새로운 곳으로 이동과 변비로 인한 고통들이다. 글을 쓰면서 내 자신과 많은 대화를 나누었다. 힘든 감옥생활을 효율적으로 보낼 수 있도록 목표를 부여하기도 하고 지금 쓰고 있는 글의 유일한 독자로서 매섭게 비판도 하고 좋은 부분은 칭찬도 해주고……. 이제 나는 스스로에게 아낌없는 박수와 함께 수고했다는 말을 하고 싶다!

강 사장이 조사를 받으러 갔다. 순간 스치듯 본 그의 모습에서 듣던대로 수척한 느낌을 받았다. 곰곰이 생각해보니 강 사장과 펑신자오의 얼굴형과 눈 주변이 닮아 보였다. 그러나 그들은 성격, 직업, 처한 환경은 상당히 대조적이었다. 한 사람은 한국인으로 탈북자를 돕다가 잡혀오고, 한 사람은 중국의 주먹세계에서 보스로 지내다 잡혀 오고…….

　강 사장에 대한 조사는 늦은 오후가 되어서야 끝났다. 차례를 기다리다 지쳐 잠들었는데 "Come out"이란 소리가 들렸다. 사무실에 갔을 때 사복차림의 담당 형사가 제복을 입은 모습으로 앉아 있었다. 짧은 스포츠형 머리의 감색 잠바를 즐겨 입었던 그가 긴 머리에 군인제복을 입은 모습으로 변해 있었다. 그의 계급이 눈에 들어왔다. 빨간 줄 두 개에 별 하나가 박혀 있었다. 시간이 흘러서인지 처음엔 그를 알아보지 못했다. 말없이 건넨 담배에 불을 붙이고 서툴게 연기를 빨아들였다. 그는 조사내용을 정리해서 통역을 통해 알려 줬다.

　"중화인민공화국 형법 4조 4항에 의거하여 외국인의 도주를 협조한 혐의로 중앙 인민 상무위원회의 엄격한 심사에 의해 당신이 중국 법을 위반했음을 알린다."

　"내가 무엇을 잘못했는지 좀더 구체적으로 알려 달라."

　"국경선을 넘어 도주하려는 사람들과 함께 있다는 것만으로도 중국 법을 위반했다. 그래서 당신에게 5만 위엔의 벌금형을 부과한다."

　"다른 사람은 어떻게 처리되는가?"

　"강 사장과 김 부장은 형량이 무거워 재판이 불기피하고 정철민과 당신은 형량이 가벼워 벌금형을 부과한다."

　중국 돈 5만 위엔(830만원)은 적은 돈이 아니다. 그 동안 내가 받아온 불이익을 생각하면 쉽게 수긍할 수 없는 결과였지만 막연하게만 기다려왔던 불투명한 미래에 끝이 보인다는 생각에 그들의 요구를 받아들이기로 했다. 약식으로 일체의 혐의사실을 인정한다는 행정처벌 2조 2항에 의거한 서류에 사인과 인장을 찍으면서 담당형사의 이름을 슬쩍 엿보았다 그의 이름은 통링이었다! 서류에 사인을 하자 지금이라도 당장 돈만 내면 나갈 수 있다는 말을 흘리면서 은근히 한국의 가족들에게 돈을 빨리 보내달라고 채근했다. 잠시 후, 원만한 해결을 위해 강 사장이 사무실 안으로 들어왔다. 그의 핸드폰으로 철민씨가 그가 일하고 있는 회사에 전화를 걸었고 다행히 통화가 되어 돈을 보내주겠단다. 나는 집으로 전화를 걸었지만 전화기가 꺼져 있었다. 마음이 초조했다. 어떻게 해야 할지 당황하고 있을 때 어머니께 소식을 전해 달래야겠다는 생각이 들어 강 사장에게 사무실의 확인전화를 부탁했다. 가족들에게 이미 근심을 끼친 상황에서 또 다시 적지 않은 부담을 주어야 한다는 생각에 마음이 무거웠다. 강 사장이 사무실 간사와 전화통화 중 어머니가 내가 출석하고 있는 내수동 교회 분들과 이미 돈을 마련해 놓았다는 말을 들었다. 순간 눈물이 핑 돌았다. 한국에 있는 가족들과 성도들이 석방을 위해 백방으로 애를 썼다는 사실과, 이 모든 과정에서 주님이 역사하고 계셨다는 사실에 감사의 눈물이 주체할 수 없이 쏟아졌다. 강 사장님이 우리의 석방을 위해 노력하는 모습을 보니 마음이 진정 되면서 남겨진 자들을 위해 무언가를 해야 한다는 부담감이 생겼다. 등치 형사의 도움으로 하얼빈 호텔에서 물건을 맡긴 날짜와 맡아준 사람이 간단하게 적혀 있는 보관증을 찾았다. 이렇게 극적으로 풀리다니……. 그토록 아득하게만 느꼈던 길고 긴 어둠의 터널의 끝이 이제 시야에 확실하게 보이는 듯 했다.

3월 9일 금요일

조만간 석방될 것 같다는 소식을 전해들은 왕징후이가 찾아와 축하의 말을 해 주면서 자신에 관한 새로운 사실을 들려줬다. 그는 이제껏 알고 있었던 것처럼 간수가 아니었다!

그는 교도소 내에서 모범수로 다른 사람과 마찬가지로 죄수였다! 그는 원래 중학교에서 컴퓨터를 가르치는 선생님이었는데, 그가 가르치는 학생이 공금을 횡령해 도망치는 과정에서 책임을 지고 변상을 해야 했고 가난한 형편에 벌금 5만 위엔을 내지 못해 이곳에 오게 되었다는 것이다. 그가 간수가 아니라 선생이었다는 점과 창창한

인생에 지울 수 없는 오점을 남겼다는 사실에 내 일인 양 마음이 아
렸다. 잠자리에 들기 전 그가 베풀어 준 일들을 생각하며 감사의 편
지를 썼다.

안녕! 나의 소중한 친구 왕징후이
중국에 온 지도 벌써 석 달이 다 되어가는군요.
이 곳에서 경험한 모든 일들, 특별히 감옥체험은 평생 잊기 힘
든 소중한 시간이 될 것 같습니다. 이 곳에서 소중한 친구를 얻
었기 때문이지요. 그의 이름은 왕 징후이랍니다. 하하.
그는 언제나 밝은 미소를 잃지 않으며 사람들에게 친절하게 대
해 주지요.특별히 그는 우정이 무엇인지 아는 사람입니다. 감
옥에 있는 동안 견디기 힘든 일도 많았지만 그의 도움으로 많이
행복했습니다.심하게 몸이 아플 때 약을 주기도 하고, 나의 일
행들에게 중요한 메모를 전해주기도 했지요. 며칠 후면 이 곳
을 떠나지만 당신을 잊지 않겠습니다. 진심으로 당신이 복직되
어 원래의 자리인 학교로 돌아가기를 바랍니다.
"What do you think, write it, I can help you, Friend!!"
제 평생 이 문장은 결코 잊을 수 없을 것 같습니다. 이 속엔 인
간에 대한 애정과 진실이 담겨 있기 때문이지요. 당신을 알게

됨을 인생의 축복으로 생각하고 싶습니다. 이제 내가 당신께 이런 메모를 남겨 드립니다.
What do you think, I'll pray for you, Friend!!
항상 건강하십시오…….

강 사장님에게도 장문의 편지를 썼다.

강 사장님께.
이번 여행을 통해 귀한 분을 알게 됨에 감사를 드립니다. 오늘 뵌 모습에서 언뜻 주님의 모습을 보았습니다. 육신의 열악함 뒤편에 있는 영혼의 정결함 같은……. 평생소원이라고 공안에게 성경을 간절히 부탁하는 모습을 보았을 때 마음이 뭉클했습니다. 그 마음을 주님께서도 아실 것입니다.
믿음의 전에 서서 복음을 위해 고난을 받는 강 사장님의 모습을 보며 새롭게 마음을 다져봅니다. 그저 석방된다는 사실만으로 기뻐하기보다 나가서 해야 할 일이 무엇인지를 고민하겠습니다. 날마다 허락하시는 주님의 평안……. 그것이 아니었다면 저는 아마 정신병자가 됐을 겁니다. 왜냐하면, 내 안에는 지금의 힘겨움을 견딜만한 힘이 없기 때문입니다.

"너는 내게 부르짖으라. 나는 네게 응답하겠고 네가 알지 못하는 크고 비밀한 일을 네게 보이리라." 그저 침묵하고 힘들다고 원망하고 싶을 때……. 주님께 무엇을 부르짖을까 고민했습니다. 지금 당장 필요한 것을 채워달라는 기도를 원하시는 걸까? 무엇을 부르짖어야 하나? 주님의 영광스러움과 크고 위대함이 세상에 드러날 수 있도록 기도하기를 원하셨습니다.

어떤 상황에서도 흐트러짐 없는 평안과 그 분을 생각하는 것만으로도 느낄 수 있는 만족감!! 주님이 절 사랑하기에 허락하신 선물입니다. 하이라얼의 호텔에서 떠나기 전, 강 사장님이 눈물을 참지 못했을 때를 아직도 기억합니다. 그 눈물은 주님이 탈북자들을 향한 마음이며 동시에 우리를 향한 눈물임을 깨달습니다. 현상적으로 보면 이번 여행은 실패한 여행일지 모릅니다. 탈북자 전원이 붙잡히고 그들을 도운 우리들이 감옥생활을 하고 있으니 말입니다.

주님의 십자가에 죽으심!
그것은 지상에서 주님께서 행하신 그 많은 일들 중에서 제일 마지막에 하신 일입니다. 죽은 사람도 살리셨고, 물위에도 걸어다니셨고, 오병이어의 기적을 행하신 주님께서 마지막으로 행하신 일은 인간적인 측면에서 볼 땐 가장 무력한 모습이었습니다. 그분의 사역은 마지막의 모습에서 실패한듯 합니다. 그러나 이것이 주님의 사역 중에서 가장 으뜸이면서 한 시대에만 머물렀던 그 분의 영향력이 모든 인간에게 확장된 놀라운 사건이 되었음을 상기해 봅니다. 이번 일이 하나님 보시기에 소중한 일이라면 우리가 아니라 해도 다른 사람들을 통해 시간이 얼마가 걸리든 반드시 열 세 명의 생명을 그 분의 때와 방법으로 구하시리라 믿습니다. 중요한 것은 나와 주님의 관계이며, 주님은 당신과 바른 관계를 맺기 위해 저를 이곳까지 오게 한 듯 합니다. "지금 상황은 주께서 허락하신 최상의 상태다."

주님의 주권을 인정하고 감사할 때 주님의 평안이 물밀 듯이 밀려옴을 경험합니다.

또한 주님의 은혜가 강 사장님의 몸과 영혼에 온전히 임하기를 간구합니다.

"항상 기뻐하라, 쉬지 말고 기도하라, 범사에 감사하라, 이는 예수 안에서 너희를 향하신 하나님의 뜻이니라." 강 사장님과 김 부장님이 조속한 시일 내에 안전하게 나오실 수 있도록 기도하겠습니다.

고국에서 밝은 모습으로 다시 만날 것을 소망하며……

사랑하는 영필 형제에게…….

영필 씨와 이번의 만남이 우연이 아닌 하나님의 크고 깊으신 섭리가 분명히 있을 겁니다. 아무런 책임도 없는 형제가 두 달 동안이나 감옥에서 보낸 시간은 어찌 보면 평생 감사할 하나님의 선물인지도 모르지요.

이번 사건은 작년에 구출한 '윤 ㅇㅇ'라는 아이 엄마가 민호 삼촌이라고 나에게 속이고 중국에서 함께 살던 조선족 남자에게 또 다른 민호 삼촌을 나에게 한국으로 가게 해달라고 부탁하였으나 내가 너무 바빠 한 달을 기다리라고 하였으나 자기에게 길을 알려주면 자기가 안내하겠다고 하여 한번 길을 알려 주었더니 그 다음부터 민호와 연락하여 북한사람 1인당 오천 인민폐를 받고 장사를 하는 것처럼 몽고로 넘기다가 결국은 모두가 잡혀 우리가 도착하기 20일 전에는 그 감옥에 8명이 구속되어 있었죠. 그 사람은 둥치 감옥에서 잠시 우리를 통역하던 조선족입니다. 1호실에 있었고 구레나룻이 난 사람 기억하시는지요. 그가 그 사건을 내가 지시한 것으로 진술했고 그 사건으로 4호실에의 전도사와 그 조선족 조카, 7호실의 조선족 아줌마까지 4명이 감옥에 있었고 역시 작년에 구출한 경민이라는 아이의 엄마를 10월에 구출하였는데 그 당시 경민이는 엄마와 함께 온 남자를 자신의 아빠라고 나에게 속이고 함께 한국으로 갔다가 결국은 조선족이란 것이 발각되어 한국에서 추방되어 그 감옥에 있었죠. 그 사람 역시 내가 했다고 진술하였으며 그 당시 길을 함께 안내했던 조선족 두 명은 내가 미국에 있는 동안 가지 말라고 만류하였으나 한국의 문 선교사라는 분에게 5000위엔을 받고 열두 명을 몽골로 넘기다가 역시 체포되어 1호실, 2호실에 있었으며 이 사람들 역시 내게 지시한 것처럼 진술하였고 이 일을 중간에서 도운 북한인 김 선생은 붙잡혀 3호실에 갇혀 있었으며 나와 전혀 상관없는 일들을 벌려 놓고 전부 내가 지시한 것처럼 되어 둥치 지역은 이미 그때 발칵 뒤집혀 있는 실정이었지요. 그런 사실을 모르고 우리가 그곳에 갔고 이미 그 때는 외부사람이 둥치에 나타나면 무조건 신고하라고 되어 있었으니 호랑이 굴에 들어간 거지요…….

그러나 이 곳에 이송되어 영사를 만나 촬영한 부분이 문제가 되니 다시 진술하라고 하여 영필 형제에게 부탁을 했는데 결국 모 방송국과 관련이 있다고 진술하여 일이 더욱 커졌지요. 외국인은 공안에서 30일, 검찰에서 14일을 구속 만료로 중국헌법에 되어 있지만 69일이 넘어가자 나는 3월1일 금식을 결심하고 2

일부터 금식을 했지요. 그 날부터 구치소장, 둥치 조사관, 경찰 간부까지 매일 찾아와 협박과 회유를 했습니다. 금식을 중단하라고 10일 안으로 결과를 줄 테니까 하면서 나는 한국으로 돌아가기 전에는 죽어도 음식을 안 먹겠다는 결심을 말하고 결국, 어제 영필 형제와 철민이는 벌금으로 석방조치하는 것으로 합의하였고 나와 김 부장은 재판까지 가는 걸로 경찰의 체포 구속영장을 받았지요.…….

인간적으로 생각하면 둥치의 그 조선족들과 은혜를 원수로 갚은 북한 형제들이 서운하지만 이 모든 사건은 하나님의 뜻이 있다고 확신하기에 감사로 기도하고 있습니다. 앞으로 얼마나 더 오랜 시간을 고통 속에 기다려야 할지 모르지만 한국에 돌아가면 이제 더욱 하나님과 가까운 시간을 가지시고 그 분의 영광을 위하여 살아가시길 부탁드립니다. 저로 인하여 너무나 많은 고통을 당한 영필 형제에게 위로를 전하며 더욱 형제를 위하여 기도하고 사랑합니다.

하나님의 사랑을 전합니다.

3월 9일 강윤식

뜻밖에 강 사장의 답장이 왕징후이의 도움으로 내 손에 쥐어졌다.

막연하게 알고 있었던 이번 사건의 윤곽이 한 눈에 들어왔다. 글의 말미에 테이프를 버리지 않은 것에 대한 서운함이 뾰족하게 나와 있었다. 다른 말은 기억에 남지 않고 오직 그 내용만 집요하게 내 머리채를 잡아당겼다. 음식을 먹고 체한 것처럼 가슴이 답답했다. 내가 찍은 테이프가 강 사장의 발목을 잡은 증거로 이용되고 있음에, 석방이 된다 해도 완전한 해방감을 누릴 수 없을 거라는 원죄의식이 마음을 사정없이 할퀴었다. 김 선배의 약속을 지키기 위해 어쩔 수 없었다는 것은 핑계에 불과하다. 나는, 그 알량한 직업정신이니 하는 것 이면에 악취 나는 야망이 웅크리고 있었음을 시인한다. 붙잡혔을 때 테이프를 모두 버렸더라면, 심문 과정에서 방송에 관한 언급을 일체 하지 않았더라면, 지금 느끼고 있는 자책의 무게는 상당히 가벼웠으리라…….

몇 년 전, 포토저널리즘의 대표 격인 '라이프'의 사진집을 본 적이 있다. 거기엔 역사적으로 중요한 순간을 포착한 장면과 전쟁과 살인, 사고 등 한번 보면 결코 잊을 수 없는 충격적인 장면들이 가득했다. 그것을 찍은 기자들의 프로정신에 감탄하며 성경을 묵상하듯 한 컷, 한 컷을 보다가 한 장의 사진에 접착제가 붙은 듯 시선이 고정되었다. 그것은 화재가 일어난 건물에서 한 소녀가 필사적으로 유리창 밖으로 뛰어내리는 장면이었다. 그 순간을 포착한 기자의 순발력은 실로 대단한 것이었으나 다음 장면은 누구라도 결코 떠올리고 싶지 않은 끔찍한 상황이었다. 그 사진이 대단한 작품이라고 평가되어 잡지에 실렸고, 그래서 그 기자가 세계적으로 유명한 사람이 되었다지만 결국, 천하보다 귀한 생명이 사라지는 것을 방치한, 이기심에 눈먼 사람일 수밖에 없다는 것이 그 사진을 바라보며 내린 최종적인 결론이었다. 기자로서의 직업정신과 생명을 사랑해야 하는 자연인 사이에서 그는 인간이기보다 기자의 위치를 선택한 것이다.

비약을 하면, 나는 지금 이와 비슷한 상황에 처해 있는 꼴이다. 위험을 무릅쓰고 국경을 넘는 탈북자에 관한 취재에 성공하면 이 바닥에서(?) 내 이름 석자가 알려지겠지만 한 인간을 위험에 빠뜨린 대가의 산물이라는 양심이 가리키는 손가락질에서 과연 자유로울 수 있을까? 앞으로 혹시라도 직업인과 자연인 사이의 선택의 기로에 서게 된다면 물에 빠져 죽어 가는 특종을 잡기보다 카메라를 버리고 한 생명의 손을 잡을 것을 조심스럽게 다짐해본다!

자유,
오 자유!

3월 11일 월요일

오늘은 한 주가 시작되는 월요일이면서 후용이 석방되는 날이다. 후용이 떠나는 것에 대한 아쉬움과 상대적 박탈감이 교차되어 감옥 안은 조금 가라앉은 분위기였다. 후용은 평소보다 일찍 일어나 세수를 하고 자신의 운명을 기다렸다.

지금은 그가 들어올 때 입었던 감색 잠바를 꺼내 안주머니에서 동료들의 주소가 적힌 메모를 확인하고 신발을 깨끗이 닦아놓은 상태다. 나도 나가는 날이 오늘, 내일 했음에도 그처럼 티를 내지 않았다. 여러 이유로 심란한 그들의 마음을 나마저 긁고 싶지 않았기 때문이다.

이 곳에서 한 달을 지내는 동안 펑신자오에게 가려 많은 것을 알지 못했지만, 그는 묵직한 체격만큼이나 침착하고 조용한 사람이다. 특히 그의 피부는 이제 막 돌을 지난 아이처럼 우유 빛이 감돌았으며 음식물을 먹을 때는 양 입술을 실룩거렸다. 그는 가끔씩 카드를 하거나 마당을 돌면서 이유 없이 나를 쳐다보며 알 수 없는 묘한 웃음을 지어 보이곤 했다. 그건 아마 하루 종일 무언가에 홀린 듯 글 쓰는 것에만 집중하는 낯선 이방인에 대한 본능적인 호기심 때문이리라. 그런 모습을 볼 때마다 이유를 묻는 대신 나 또한 묘한 웃음으로 화답해 주곤 했다.

점심은 쌀밥에 두부 볶음과 당면이 들어간 배추무침이 나왔다. 한 사람 분량임에도 조금씩 나누면 세 명까지 먹을 수 있었기에 이 곳에 들어온 날부터 음식을 함께 나누었다. 솔직히 말해 그건 그들을 향한 애정의 표현이기 보다 편하게 지내기 위한 처세의 한 방편에 더 가깝다. 태양의 따스함이 가득한 기분 좋은 분위기에서 점심을 먹고 있는데, 간수가 후용을 급하게 불렀다. 입안에 먹을 것을 가득 담고 있던 그는 직감적으로 다음 행동이 무엇인지를 알고 있는 듯 민첩하게 자신의 소지품을 챙긴 후 펑신자오와 악수를 나누었다. 그는 인자한 표정으로 학생들을 격려하는 선생님처럼 후용의 새롭게 시작되는 삶에 건투를 빌었다. 그를 지켜보면서 마음이 초조해졌다.

분명 한국에서 정해진 시간에 돈을 보냈다면 지금쯤 후용처럼 나갈 수 있을 텐데……. 혹시 일이 잘못된 것은 아닐까? 불필요한 근심이 내 몸에 달라붙었다. 창밖에는 겨울 내내 세상을 뒤덮었던 하얀 눈이 태양의 은밀한 유혹에 허물을 벗어 땅과 입 맞추는 소리를 요란하게 내며 자신의 소멸을 만방에 알리건만 내 안에 있는 겨울은 언제쯤 찬란한 사망소식을 알려줄 것인가?

드디어 석방이다.!!

머리 속에서 수천 번 예행연습을 했음에도, 조금 전 후용의 석방을 보았음에도 다음 행동을 몰라 허둥대고만 있다. 머리는 정지하고 마음이 폭풍처럼 출렁였다. 오후 4시쯤 왕징후이가 은밀히 다가와 기밀사항(?)을 알려 준지 몇 분 후 제복을 입은 군인이 최종적으로 석방소식을 통보했다. 떨리기 시작했다. 이렇게 갑작스럽게 석방될 줄이야!! 나보다 더 석방을 고대하는 가족과 친구들. 그들에게 이 소식을 한시라도 빨리 전하고 싶었으나 남아있는 강 사장과 김 부장의 얼굴이 가로막았다. "가지마"라고 말하는 굳은 표정이 아니라, 나갈 수 있음을 기뻐하는 환한 미소였기에 마음은 솜털처럼 가벼웠다. 은하철도 999에서 철이가 오랜 시련 끝에 천국으로 가는 기차를 타듯 잠시 후 나는 하얼빈 기차를 탈것이다!!

"기차가 어둠을 헤치고 은하수를 건너면 우주 정거장엔 햇빛이
쏟아지네……."

그 날에…….

그 날이 언제인지 알 수 없으나
난 그날을 잊어 본 적이 없습니다!

그날은 영혼의 밑바닥에 침잠 되었던 신음소리가
한 조각의 바람조차 사랑하겠다는 희망찬 고백으로 변화될 것입
니다.

그 날은 이전에 소유했던 것을
다시 원상으로 되돌려 받을 뿐 아니라
그 동안 맛보지 못했던 새로운 기쁨들을
보너스로 받게 될 것임을 확신합니다.

그 날이 오늘이 되는 날!

그 날의 이름을 '자유'라 명명하겠습니다.

알 수 없는 상실을 먹고 자랐기에
그 날은 힘들었던 과거를 청산하는 것이 아닌
생명의 씨앗 됨을 고백하는 날이 될 것입니다!

그 날에 나의 탄생에 감사하고
존재한다는 것의 경이로움에 고개 숙이고 싶습니다.

그 날이 언제인지 알 수 없으나
난 그 날이 오늘이 될 수 있음을 한번도 의심해 본 적이 없습니다!!

3월 12일 화요일

아홉시경 형사로부터 전화가 왔다.

압수된 소지품을 돌려주겠단다. 우리가 머무르고 있는 초대소 근처 변방부대 사무실에서 공안 두 명과 함께 나를 담당했던 보친 형사를 만났다. 벌금 영수증과 처벌에 관한 서류 작성을 한 후 캐비닛에서 소지품 일체를 꺼내 바닥에 전시했다. 검은색 가방과, 지갑, 비행기표를 돌려받았다. 숙소에 돌아와 한국에 전화를 하기 위해 외출을 했다. 근처에 공중전화를 찾았지만 모두 카드를 사용할 수 없는 전화기뿐이었다. 좀 더 시내 쪽으로 나가보니 공중전화 부스가 보였다. 한걸음에 달려가 수화기를 눌러 보았지만 사용법을 알지 못해 통화는 할 수 없었다. 아쉬운 마음을 뒤로하고 발걸음을 옮기는데 우연히 PC 방을 발견했다. 이렇게 외진 곳에도 PC 방이 있다는 사실에 놀라면서도 가족들에게 연락을 할 수 있다는 사실에 흥분했다. 먼저 메일을 열었다. 그 동안 확인하지 않은 수 백 통의 메일이 먼지처럼 쌓여 있었으나 한국말이 깨져 도저히 글을 알아볼 수가 없었다.

교회 사이트에 접속해 간단한 인사와 감옥에서 석방은 되었지만 만료된 여권을 기다리기 위해 형무소 근처의 숙소에 머무르고 있다는 내용을 게시판에 올렸다.

안녕하세요,
내수동 성도 여러분! 오 영필입니다.
그 동안 저를 위해 기도해 주신 모든 분들께 감사의 마음을 전합니다.

저는 현재 중국 하이라얼에 머무르고 있습니다.

며칠 전 공안이 저를 찾아와서 여권 문제 해결이 지연되어서 다음 주까지 기다려야 한다고 말하더군요.

저와 이번 일에 함께 연루된 사람들을 위해서 기도해 주십시오.

기도 제목은 다음과 같습니다.

먼저, 감옥에 투옥되어 있는 강 사장, 김 부장을 위해서 기도해 주십시오. 그들은 현재까지는 모든 위험한 상황을 모면했는데 조만간 재판을 받게 될 것입니다.

두 번째로 탈북자 12명을 위해서 기도해 주십시오.

아무도 그들의 생사를 확인하지 못하고 있습니다.

마지막으로 제가 이번 주 안으로 여권을 되돌려 받을 수 있도록 기도해 주십시오. 저는 하나님과 여러분들의 사랑을 잊지 못할 것입니다.

하나님께서 여러분들을 축복하시기를 기원합니다.

안녕히 계십시오.

3월 11일 중국에서 오영필 드림

점심식사 후 통링 형사가 숙소에 찾아왔다. 죄수와 형사로서가 아닌 한국인과 중국인으로서 동등한 위치에서 편한 마음으로 대하는 자리였다. 그는 물가와 생활수준에 대해 물으면서 한국을 대만, 싱가포르, 홍콩처럼 경제적으로 부유한 나라이며 아시아 중에서 문명이 발달한 나라로 알고 있었다.

"이곳에 있는 동안 중국인에 대해 무엇을 느꼈는가?"

"글쎄, 쉽게 말할 수 없지만, 내가 생각하기엔 일반사람들은 사회주의 의식이 약한 것 같던데요."

그 말에 애써 부정하지 않으며

"위엔 사회주의가 지배하고, 아래엔 자본주의가 지배하지."

"그러나 나는 사회주의 의식을 가진 사람이야. 하하"

그는 웃으며 입고 있는 자신의 제복을 손으로 가리켰다.

그는 중국의 근, 현대의 대표적 인물 중에서 국제적으로 영향력을 끼친 세 명을 언급했다.

쑨 원, 모택동, 덩샤오핑!

그의 말에 모택동보다 덩샤오핑을 더 좋아하며 쑨원은 한국에서도 존경하는 사람들이 많다는 말을 덧붙였다. 그는 그런 인물을 배출한 중국을 자랑스러워하며 56개의 민족으로 이루어진 역사가 깊은 나라로 공자, 노자, 맹자, 순자 등의 뛰어난 인물을 배출했음을 다시 한번 강조했다.

이번엔 내가 그에게 다소 공격적인 질문을 했다.

"당신은 대만이 중국의 영토라고 생각하는가 아니면 독립된 국가라고 생각하는가?"

대부분의 중국인은 하나의 중국을 강조하며 대만도 중국의 영토임을 강조했기에 그가 어떻게 대답할지는 어느 정도 예상하던 터였다. 그러나 그는 다른 이에 비해 훨씬 신중한 태도를 보였으며 중국이 대만을 수용하기 위해서는 홍콩처럼 그 나름의 시스템을 인정하고 중국본토가 더욱더 많은 개방을 해서 대만을 힘으로가 아닌 시스템의 수용을 통해 하나가 되어야 한다는 견해를 피력했다.

대화가 무르익을 무렵, 그가 중요한 질문 하나를 던졌다.

"당신이 중국에서 한 행동에 대해 본인 스스로는 어떻게 생각하는가?"

나 자신에게 한번은 꼭 물었어야 할 질문이기에 조심스럽게 말문을 열었다.

"죄는 시대가 변해도 변치 않는 죄와 시대가 변하면 따라서 변하는 죄가 있다. 전자는 살인, 강간, 절도와 같은 도덕적으로 잘못을 범한 죄들이며, 후자는 당시의 특별한 정치적인 환경과 관련한 것들이다. 지금 한국의 대통령인 김대중씨도 예전에는 감옥생활을 한 죄수였다. 그러나 지금 그를 누구도 죄인이라고 말하지 않는다. 이처럼 나의 행동 또한 후자 쪽에 가깝다고 생각한다. 앞으로 남과 북이 통일이 되거나 중국과 한국의 정치적인 상황이 좀더 개선된다면 이와 같은 문제는 발생하지 않을 수 있으며 그때가 되면 나의 행동에 대한 평가도 많이 달라질거라 믿는다. 이번 일로 정신적, 육체적, 경제적으로 입은 피해가 컸지만 나의 행동에 후회 해 본 적은 없다. 또한 강 사장님을 진심으로 존경한다. 그는 약자의 어려움에 다른 사람들보다 민감하게 반응했을 뿐 아니라 상대를 구출하기 위해 자신이 위험에 빠지는 것을 두려워하지 않는 용기 있는 사람이다. 우리가 잘못했다면 그것은 우리가 남들보다 사람에 대한 사랑의 마음이 좀 더 강하기 때문일 것이다. 그렇다면 과연 사랑이 죄인가?"

그가 내 생각에 전염된 듯 "나도 당신을 범죄자로 보진 않는다. 단지 작은 잘못을 행했을 뿐이다"라며 웃음으로 내 말에 동의해주었다.

어느 새 두 시가 되었다.

충분한 대화를 나누지 못함을 아쉬워할 만큼 즐거운 시간이었다. 그가 떠난 빈자리를 둘러보며 그와 한자리에 앉아서 이런 대화를 나눌 수 있다는 것이 믿어지지 않았다.

며칠 전 까지만 해도 결코 상상도 할 수 없는 일이었다.

'이제 너는 감옥에서 나온 거야. 너는 더 이상 죄수가 아니라고!'

당황해 하는 내 안의 나에게 변화된 환경을 침착하게 설명했다.

오후가 되어서 철민씨가 핸드폰에 사용할 카드를 구입하러 나갔다가 조선족 식당을 발견했다. 주인아저씨는 하이라얼에 도착했을 때 통역을 도와 준 분의 친형으로 우리에 대해 이미 많은 정보와 깊은 연민을 갖고 있었다. 여행사 직원인 동생은 베이징으로 출장 간 상태였기에 그를 만나지는 못했다. 그 분의 도움으로 선교회 사무실에 전화를 걸어 석방 소식을 알렸다. 먼저 가족의 안부를 물었다. 어머니의 건강과 집은 이사했는지……. 최 간사님이 이사한 집 전화번호를 알려 주었지만 손이 심하게 떨려 번호를 제대로 적지 못했다. 차분한 목소리로 그 동안 한국에서 있었던 일들에 대해 이야기를 들려준 그녀에게 11일 날 나와서 지금은 공안들이 소개해 준 초대소에서 여권을 받기 위해 기다리고 있으며 많은 분들의 염려 덕분에 무사히 잘 지내고 있음을 전했다. 그녀는 나의 석방을 위해 친구들 중 대영이가 발 벗고 나섰다는 말을 덧붙였다. 평소 속마음을 터놓으며 서로의 비전을 나누었던 귀한 친구였지만 다니던 직장까지 그만두고 나의 석방을 위해 애써왔다는 말에 고마움보다 놀라움이 앞섰다.

식당에서 전화를 마치고 돌아오는 길에 PC 방에 들러 어제 메시지를 남겼던 교회게시판에 들어가 보니 놀랍게도 영어로 형의 편지가 적혀 있었다. 눈물이 핑 돌았다. 형의 모든 촉수가 그 동안 나에게 집중되었음을 느낄 수 있는 글이었다.

내 사랑하는 동생 영필에게

그 동안 몸은 어떠니? 거기서 아프거나 다치지는 않았는지 궁금하구나. 석방소식을 들으니 얼마나 기쁜지 모르겠다. 너를 위해 일찍부터 돕지 못해 얼마나 좌절하고 적정했는지 모른다.

네가 정말 많이 보고 싶구나.

네가 붙잡혔다는 소식을 들은 뒤부터 지금까지 우리 가족 뿐 아니라 수많은 사람들이 너와 일행들을 위해 열심히 기도하고 있단다.

나중에 그 분들에게 꼭 감사의 인사를 잊지 않길 바란다.

홈페이지에서 너의 글을 보니 마음이 뭉클했다.

한국에 언제쯤 오는지, 지금은 누구와 함께 있는지, 그리고 비행기표 살 돈은 있는 거니?

어머니와 누나는 무척 흥분해 있다. 어머니는 이사해서 전화번호가 새로 바뀌었다.

전화하면 어머니가 무척 좋아하실 거다.

어머니는 네 연락기다리다 이젠 거의 지쳐 쓰러지실 지경이다.

나도 너의 목소리가 듣고 싶어 더 이상 기다릴 수가 없구나.

한국에 돌아올 때까지 몸 건강히 잘 지내길 바란다.

사랑하는 형으로부터…….

3월 12일 영국에서

3월 14일 목요일

"여보세요, 여보세요, 어머니세요?"

"누구냐? 영필이냐! 영필이 맞냐……. 아이고"

"예. 어머니. 저 영필이에요. 영필이 맞아요. 저 때문에 그 동안 걱정 많이 하셨죠……."

"아이고 내가 너 때문에 피가 마른다……."

어머니는 자신보다 더 소중한 자식의 생사를 확인하는 것만으로도 만족한 듯 많은 말을 하지 않으셨다. 혼자 계실 거라 염려했는데 다행히 누님이 내가 떠난지 보름 후부터 와서 함께 지내셨고 걱정했던 이사도 1월 20일 경에 무사히 마쳤다고 한다.

오랫동안 꾹 참아왔던 그리움의 파도가 나를 덮쳤다.

어머니와 통화를 마친 후 마음속에서 이젠 살았구나 하는 안도감과 함께 '너 때문에 피가 마른다' 라는 말이 내 혼과 골수를 쪼갰다. 감옥에 있을 때 어머니의 모습을 막연히 상상만 해왔는데……. 피가 마르셨다니…….

생각했던 것 보다 훨씬 많이 힘드셨나보다. 함께 있던 사람들의 목소리가 전혀 들리지 않았다. 나 혼자 외딴 섬에 와 있는 것과 같은 고요함만이 느껴졌다.

전화선을 통해 찾아 온 우정

3월 15일 금요일

철민씨와 TV를 시청하고 있는데 오후 2시경 한 통의 전화가 왔다.

형사이겠거니 했는데 뜻밖에 영어로 나를 찾는 것이 아닌가!

사실 이 곳은 공안국의 교환을 통해서만 통화가 가능한, 일반인이 쉽게 접근할 수 없는 곳임에도 이 번호를 알아낸 것으로 보아 다른 기관에 있는 어떤 사람이라는 추측이 들었다. 그는 나의 석방시기와 현재 누구와 함께 있는 것까지 알고 있었다. 그가 궁금해졌다. 누구일까? 목소리는 부드럽고 상냥했지만 이면에는 그에 대한 경계심이 피어올랐다. 누구인지를 물었더니 자신을 '검사'라고 소개했다. 검사가 왜 나에게 전화를 한 거지? 순간 형무소에 있는 강 사장을 떠올

리며 ‘그에 관한 정보를 알아내기 위해 접근하는 것인지도 몰라.’
그가 나에게 만나고 싶다는 말을 했다.

　잠깐 숨을 고르기 위해 철민씨에게 의견을 물었다. 호기심이 가득
한 얼굴로 그도 만나보자고 했다…….

　경계심을 갖는 나와 달리 그는, 통화 중간에 자주 친구가 되고 싶
다는 말을 했다. 예상치 못한 전화에 머리 속이 복잡해졌다. 여섯 시
무렵 다시 그에게 전화가 왔다. 5분 후면 도착한다고……. 그의 말
처럼 베란다를 내려보니 숙소 앞에 택시 한대가 서 있었다. 잠시 후
노크 소리가 들렸다. 철민씨에게 신호를 보내자 TV를 끄고 신속하
게 점퍼를 입었다. 심호흡을 크게 한 후 잠겨있는 이중 열쇠를 풀었
다. 문을 여는 순간 캐주얼 차림의 두 명의 청년이 환한 미소를 지으
며 악수를 건넸다. 어색한 웃음 뒤로 내 안에 있는 긴장을 숨겼다.
서로 간단한 통성명을 나누었다. 안경을 쓰고 여드름이 많은 친구는
‘샤오밍’이라고 자기를 소개했으며 가죽점퍼를 입은 비교적 살쩌
보이는 옆 친구는 ‘추청찬’이라고 했다. 그들은 시내 근처에 있는
고급식당으로 우리를 안내했고 그 곳에서 중국특유의 양요리, 채소
요리와 맥주를 시켰다. 음식이 나오자 건배를 했다. 그들은 긴장을
풀게 하기 위해, 우리는 긴장을 늦추지 않기 위해……. 결국, 보이지
않는 기 싸움에서 승리자는 그들이었다. 내 몸에 술과 음식이 들어

가고 그들의 멋들어진 노래를 들으니 마음의 경계경보가 공습 해제로 바뀌었다. 샤오밍은 정식으로 자신들이 누구이며 만남의 목적이 무엇인지를 설명했다.

"나는 검사인데, 이번 사건을 맡은 검사와 친구야. 그가 수사에 참조하기 위해 당신들을 만나 궁금한 몇 가지를 물어봐 달라고 했어."

그러나, 그들은 이번 사건과 관련한 질문은 뒷전이고 흥겹게 노는 것에 더 관심을 보였다. 흥이 한창 무르익고 서로의 긴장이 풀렸을 때 샤오밍이 정신이 번쩍 드는 말을 했다. 철민씨의 가족이 아직 북송되지 않고 중국에 있다는 것이다. 철민씨는 놀라면서 좀처럼 그 말을 믿으려 하지 않았다. 처음과 다르게 폭소가 나올 정도로 편안한 분위기로 바뀌었지만 그럴수록 뭐라 표현할 수 없는 아리송한 기분에 휩싸였다. 적으로 규정한 이들이 적이 아닌 친구의 모습으로 다가오고 있기 때문이다. 그 때 문제의 실마리를 제공하는 말이 샤오밍의 입에서 튀어 나왔다.

"내가 학교에 다닐 때 친한 룸메이트 중에 한국인 친구가 있었거든. 그 친구와 자주 여행도 가고 방학 때는 대구와 부산도 가 봤는데 정말 좋았어. 그때부터 한국을 좋아하게 됐지. 그래서 한국음식, 한국노래, 한국영화를 아주 좋아해……."

결국 그는 나를 자신의 한국인 친구의 친구로 생각해서 긴장을 풀었던 것이다. 추청찬은 결혼해서 가정을 이룬 사람으로 철민씨의 입장을 이해했기에 그의 가족에 대해 깊은 관심을 갖게된 것이고……. 막혔던 퍼즐이 하나씩 풀리자 내 입에서도 친구라는 말이 나오기 시작했다.

3월 16일 토요일

10시경 전화가 왔다. 어제 만난 그 친구들이었다.

경쾌한 목소리로 어제의 안부를 물었다. 술을 마셔 컨디션이 썩 좋지 않다고 하니 몸을 풀어 주겠다며 오늘도 만나자고 했다. 철민씨는 만나기를 꺼렸다. 그는 어제의 만남으로 그들에 대한 경계심이 더 생긴 듯하다. 그들은 근처 식당에 중국식 피자와 양고기 꼬치를 주문했다. 중국식 피자의 모양은 일반 호떡보다는 1.5 배 컸으며 맛은 고기만두 맛이었고 양고기 꼬치는 닭고기 꼬치보다 질기고 양념 맛이 매콤하면서도 싱거워 입맛에 맞지 않았다.

석방 된 후, 이곳에서 지낸지도 벌써 6일 째다. 이곳생활도 익숙해졌다. 그 말은 갇힌 자가 아닌 자유인으로서의 삶에 조금씩 적응하고 있다는 말이다. 여기서는 어느 때나 배설할 수 있고 맛있는 하루 세끼의 식사를 하며 수십 개의 TV채널을 마음 놓고 볼 수 있으며 게다가 언제든지 자유롭게 나가 PC방에도 가고 전화도 내가 하고 싶은 일을 마음대로 할 수 있다. 물론 아직까지 여권이 없기에 완전한 원상회복은 아니지만 이것만으로도 행복해서 어쩔 줄 모르겠다.

어제 건네받지 못한 서류를 받기 위해 공안국 사무실에 갔다. 토요일이라 정상적인 업무를 하지 않았지만 제법 많은 공안들이 있었다. 사무실에 들어갔을 때 보친은 테이블 위에 널려있는 서류를 정리하고 있었고, 그의 표정은 따스한 오후만큼이나 평온했다. 그는 중국에서 어떤 행위를 했으며 어떤 사항을 위반했는지에 관한 공식 문서에 나의 사인을 요구했다.

'그럼 볼일을 마쳤으면 방에서 나가주겠니' 라고 말하듯 손을 흔들어 보이며 주말을 잘 보내라는 안부의 말을 남겼다. 주말인 오늘과 내일은 지금 머무르고 있는 숙소에서 식사가 제공되지 않아 식사도 하고 새로운 정보도 얻을 겸 조선족 식당엘 갔다. 아저씨는 다시 찾아온 것에 대해 반가움을 감추지 않았다. 점심으로 시킨 국수는 한국에서 먹던 맛 그대로 약간 짜면서도 매콤했다. 식사를 다하고 슬쩍 동생 분의 안부를 물었다. 좀 전 까지 이곳에 있다가 방금 전에 나갔단다. 그를 굳이 만나려는 이유는 그의 도움으로 펜과 종이를 얻어 글을 쓸 수 있게 된 것에 고마움을 전하고 싶었기 때문이다. 아저씨는 내일 오전에 다시 한번 오면 만날 수 있다는 언질을 주었다.

주말 오후 하이라얼의 거리는 평화스러움 그 자체이다. 거리엔 과일과 채소를 판매하는 사람들이 차가운 바람을 맞아가며 그리운 연인을 기다리듯 손님을 기다렸다. 그 시선을 이기지 못해 몽고 전통 의상을 입은 30대 중반의 여인에게 다가갔다. 배, 토마토, 바나나를 외면하고 귤을 샀다. 중국의 귤은 변형된 것으로 씨가 없고 오렌지 모양이었으며 맛은 그 중간의 맛이 났다. 숙소에 들어가기 전 샤오밍에게 전화를 걸었다.

식사 후 헤어지면서 내일 만날 정확한 시간을 말하지 않았기 때문이다. 내일은 시내에 있는 백화점에 가서 쇼핑을 하기로 했다. 시간은 12시, 그가 숙소로 오기로 했다.

오후 내내 TV 시청을 했다. 지금 상황은 죄인도 아니면서 자유인도 아닌 어중간한 상태다. 숙소 안에서는 무엇을 해도 가능하나, 여권이 없기 때문에 밖에 나갈 경우는 이동이 자유롭지 않다. 실존적인 자유는 가능하나 사회적인 자유는 아직 주어지지 않은 것이다. 지금 내면의 상태는 뭐라 딱히 표현하기 힘든 나른함과 게으름이 섞여있어 해야 할 일이 무엇인지는 알고 있으나 그것을 하고 싶은 의지와 집중도가 결여되어 있는 상태다. 타인이 자유를 박탈하지 않았음에도 내 자신이 원하는 대로 움직여지지 않은 이유는 무엇 때문일까? 감옥처럼 타율에 의한 자유의지의 훼손에서 벗어나기만 하면 진정한 자유를 얻을 거라 생각했는데…….

나의 의지로도 스스로를 통제할 수 없는 이 답답함이여!!

오호라 나는 곤고한 사람이로다!!

자유를 향한 순례

3월 17일 일요일

형무소를 나온 후 운동을 규칙적으로 하지 못했다. 이전보다 시간
은 많으나 효율적인 사용은 예전만큼 못하다. 복도를 돌고 가벼운
체조와 팔굽혀펴기로 옛날 기억을 되살리려 안간힘을 써보지만 여
간 힘들지 않다. 철민씨와 함께 식당에 갔다. 아침도 먹고 주인아저
씨의 동생을 만나기 위함이다. 너무 부지런을 떤 탓일까? 식당 문은
열려 있었지만 종업원이 개점을 위해 마당을 쓸고 있었다.

잠시 후, 기다리던 동생 분이 들어왔다. 한눈에 우리를 알아보았
다. 나는 오랫동안 손을 잡는 오버액션으로 주변인들에게 서로가 각
별한 사이임을 애써 증명하려 했다. 그리고 암기해 두었던 대사를
외우는 사람처럼 종이와 펜을 얻을 수 있도록 도와줘서 고맙다는 말

을 잊지 않았다. 서로의 안부를 묻는 과정에서 그의 이름을 알았다. 최 형민. 나이는 35세, 180cm 이상의 큰 키와 80kg의 거구로 조선족으로서는 드물게 대학을 졸업했으며 침착한 말투에서 엘리트적인 인상을 강하게 풍겼다. 그의 아내는 지금 서울대에서 어학공부를 하고 있으며 기회가 되면 그도 한국에서 이 지역의 방언에 관한 논문을 쓰고 싶다고 했다.

그에게 사용하지 않은 비행기 티켓을 다시 사용할 수 있는지에 대한 조언을 구했으나 한국에서 발권한 티켓에 대해서는 잘 모르겠다고 했다. 그는 중국의 WTO 가입 이후 대규모 미국여행사의 중국진출로 존폐위기에 몰린 소규모 여행사의 생존문제로 최근 베이징을 다녀 온 것이다. 이 지역의 대표적인 여행 상품은 몽골의 대평원이다. 유럽과 또 다른 광활한 초원지대는 주로 일본인이 많이 온다고 한다. 일본이 중국을 통치했을 당시 군인으로 복무했던 노인들과 그의 후손들이, 한국인은 주로 언어와 문화연구를 위한 학자들과 이곳의 특산물을 구입하러 오는 상인들이 7-8월에 집중적으로 온단다.

대화 중간에 낯이 익은 40대 중반의 남자가 가게 안에 들어왔다. 처음 붙잡혔을 때 통역을 담당한 분이었다. 그의 이름은 이현근. 중국 내몽고 훌름빌 축목국의 비서로 한국으로 말하면 축협의 사무국장 직위를 갖는, 이 지역에선 가축에 관해서는 전문가로 알려진 중앙의 고급관리였다. 그는 제3자였지만 당 간부였기에 이번 사건에 관해 상세한 부분까지 알고 있었다.

중국 법에 의하면 국경선을 넘는 사람들을 돕기 위해 조직을 만들거나 자금을 공급하는 사람은 징역 2년에서 7년 이하의 중형에 처하게 되어 있는데, 강 사장과 김 부장은 사건의 핵심 인물로 재판이 불가피하며 나와 철민씨는 단순가담자로 행정처벌을 받게 되어 전국인민대표위원회 상무회의의 의결에 따라 벌금을 부과하고 석방이 결정되었다고 했다.

외국인은 재판을 받기 전에 감옥의 구류기간이 30일을 지나면 불법 아니냐는 나의 질문에 그는 재판을 받기 전 조사기간 즉 정찰기간이 60일인데, 그것을 두 번 연장할 수 있어 결국 6개월을 구류할 수 있다고 했다. 그 말에 말문이 막혔다……. 세상에……. 외국인의 구류기간이 6개월이라니……. 이것은 말 그대로 법이 인민을 위해 있기보다 국가를 위해 존재하는 것이나 다름없었다.

결국 이 사건은 공안과 검찰의 조사, 내몽고 자치구의 심사과정을 거쳐 사건이 처리됨으로 두 달은 더 걸린다고 했다. 그의 입에서 나오는 말은 하나같이 예상을 깨는 말들뿐이었다…….

"그럼 강 사장에겐 어떤 처벌이 예상되나요?"

"그는 최소 1년에서 3년의 실형이 불가피 할 거요."

혹시나 하는 마음으로 던진 질문에 역시나 그의 대답은 참담했다.

나보다 조금 늦게 나오거나 추방당할 거라는 생각이 얼마나 순진한 생각인지……. 더 이상 말하고, 들을 기력도 없는 나에게 그는 카운터펀치를 날렸다.

"어제 하이라얼의 버스 정류장에서 8명이 또 잡혔는데 중국에서 3년 동안 숨어 지낸 가족이 포함되어 있었던 거야. 버스표를 검사하는데 말을 시켜도 도무지 말을 해야지……. 꿀 먹은 벙어리처럼 가만히 있어. 그래, 수상해서 신분증을 제시하라고 하니 신분증이 있나……. 어제 그 일 때문에 공안국에서 통역해 주다 왔는데……. 아휴! 탈북자들 골치 아파……. 요즘 공안들 북조선 사람 잡으려고 난리야 난리……."

3월 22일 금요일

낮잠을 자고 있는데 급하게 철민씨가 깨웠다. 문 앞에 초병들이 와 있었다. 그들은 어떤 말도 하지 않은 채 우리를 차에 태웠다. 10분 후 차는 공안국 건물 앞에서 멈췄고, 안으로 들어갔을 때 보친이

기다리고 있었다. 그를 따라 간 곳은 여권을 발급해 주는 곳이었다.

그토록 손꼽아 기다렸던 여권이 잠시 후면 내 손안에 주어지다니……. 이제야 비로소 길고 긴 악몽에서 완전히 깨어날 수 있음에 가슴이 벅차올랐다. 여권 발급을 기다리는 동안 보친에게 그 동안 머물렀던 숙박비가 얼마나 되는지를 물었다. 숙박비 20위엔, 식비는 10위엔씩을 1인당 계산해보니 660위엔이 나왔다.

그가 여권을 받으면 언제 떠날지를 물었다. 하루라도 이 곳을 빨리 떠나고 싶은 심정이지만 앞으로의 상황을 모르기에 일단 내일쯤에나 떠나겠다고 말했다. 그러나 철민씨는 생각이 달랐다. 그는 여권이 연장된다면 가족문제를 위해서 이곳에서 좀 더 남고 그렇지 않다면 오늘 당장 떠나겠단다. 그런 그에게 떠나기 전 도와준 분들에게 인사하고 내일 저녁에 떠날 것을 제안했지만 그는 내 말을 들으려 하지 않았다. 오늘 아침에도 약간의 말다툼을 했다. 그는 잡혀있는 자신의 가족문제를 풀기 위해 양다리를 걸치고 있었다. 한 쪽은 감옥에서 알게 된 친구를 통해 돈으로 빼내는 방법과 다른 한쪽은 샤오밍을 통해 정치적으로 해결하는 방법, 한 쪽은 시간이 빨리 걸리는 대신 상당한 돈이 필요하고 다른 한쪽은 시간은 걸리지만 어떤 대가를 바라지 않는 순수한 마음으로 돕는 것이다.

그는 상황을 봐가며 어느 한 곳도 놓치려 하지 않았고 나는 한 쪽을 선택해 집중할 것을 원했다. 그러나 생명이 걸린 문제 특히 자기 가족의 운명의 문제를 이성적으로 처리하기란 여간 어렵지 않을 것이기에 지푸라기라도 잡으려는 그의 마음을 이해하고 싶다. 만약에 내가 그였다면 그처럼 행동했을 것이므로…….

드디어 여권이 나왔다.
'나는 자유인이다' 라는 광고 카피처럼 이제 정말 자유인이 되었다!!
악몽과도 같은 어둠의 시간은 더 이상 나를 짓누르지 못한다. 다시 태어난 기분이다.
남겨진 생의 소중함과 그 생에 대한 의지의 충만함이 온 몸을 휘감았다.
철민씨와 조선반점에 들러 이 기쁜 소식을 알렸고 그 분들도 진심으로 기뻐하셨다. 사장님이 기분이 좋으셨는지 스페셜로 양고기를 대접했다. 식사를 하면서도 여전히 강 사장님과 철민씨의 가족문제에 대한 이야기를 계속 나누었다. 그들에게 감사의 말과 강 사장님의 변호사 선임에 대한 당부의 말을 아끼지 않았다. 샤오밍이 생각났다. 누구보다 이 기쁜 소식을 기다리고 있을 그에게 전화를 걸어 내일 떠날 기차 시간과 오늘 하룻밤을 부탁했다. 철민씨에게 체크아

웃을 하고 오겠다며 숙소로 향했다. 잠을 잤던 방과 세수를 했던 화장실, 바깥 풍경을 바라보던 베란다, TV를 시청했던 의자까지…….

하루라도 빨리 떠나고 싶은 이곳이 추억을 떠올리며 남다른 감회에 젖게 하는 유서 깊은 기념관으로 다가오다니…….

숙소를 내려와서 식사를 제공해준 종업원들과도 아쉬운 작별을 했다. 말은 통하지 않았지만 그들의 눈빛에서도 내것과 비슷한 서운함이 어렸다. 낯설음이 그리움으로 변하기까지 그 속을 채웠던 사람과 언어와 이미지들……. 이 모든 것을 소중히 간직한 채 그 곳을 빠져 나왔다.

샤오밍에게 전화를 걸어 근처에서 만나 그의 집으로 향했다. 그의 집은 식당에서 걸어서 10여분 거리의 아파트 단지에 있었다. 중국의 주택은 직업군으로 모여 있어서 그가 사는 단지 내에는 검찰 관계자들이 많이 거주하고 있다고 했다. 아파트 문을 열고 들어섰을 때 겉보기와 다른 고급스런 인테리어에 놀랐다. 단순하면서도 세련되게 비치되어있는 가구들은 모두 외제였다. 집안 분위기로 그의 정치적, 경제적 수준이 어느 정도인지를 짐작할 수 있었다. 그의 방은 두개였는데, 한 곳은 공부방으로 책장과 서재로 구성되었고 대부분의 책은 토플, 영어서적과 법과 관련한 전공서적들이었다. 그의 또 다른 방은 침실로 옷장과 침대가 있었고, 침대 위에 깔려 있는 시트와 전

등의 색깔이 묘한 조화를 이루어 아늑한 분위기가 났다.

짐을 풀고 옷을 갈아입었을 때 그는 내게 그의 여동생을 소개시켜 주었다. 이름은 바니후. 학교에서 무용을 가르치는 선생님으로 단발 머리에 환하게 웃는 모습이 무척 귀여웠다. 그녀의 방안엔 큰 침대, TV, 화장대와 여러 잡지들이 놓여있었고, 그 중에 한국드라마 CD 와 한국배우들의 사진들이 눈에 띄었다. 샤오밍 못지않게 그녀도 한 국 문화에 대해 많은 관심을 갖고 있는 듯 했다.

시간은 어느새 11시를 가리켰다. 그와 침대에 나란히 앉았다.

오랜 시간 동안 어깨를 눌러왔던 긴장을 풀고 안도의 한 숨을 깊 게 내쉬었다. 그리고 그의 손을 잡았다. 그의 체온의 따스함이 내 손 을 타고 온몸으로 퍼졌다. 내 사건을 담당했던 검사의 집에 내가 와 있다니……. 감옥 문을 처음 들어설 때처럼 실존과 본질의 차이로 인한 낯설음이 내 머리 속을 멍하게 했다.

그는 수사 자료를 넘겨받으면서 나의 여권 사진을 보았고, 그 때 받은 인상을 통해 나에게 호기심을 갖게 되었다고 한다. 그 호기심 은 숙소에 머무르고 있는 나를 찾아오게 했으며 함께 저녁을 먹고 쇼핑을 하게 했으며, 결국 그의 집에 내가 이렇게 오게 만들었다. 이 런 극적인 만남은 내게 큰 행운이 아닐 수 없다. 그에게 그동안 베푼 호의에 대해 감사의 마음을 전했고, 그는 우정이란 말로 간단히 답했다. 상대에 대한 선한 호의를 베풀 수 있는 선한 양심, 그것이 그가 말하는 우정이라고 한다면 그것은 하나님이 태초에 우리들 마음 한구석에 허락한 아름다운 성품이리라. 그와 서로의 삶에 대한 진지한 대화를 마쳤을 때 시계가 새벽 2시를 가리켰다.

3월 21일

아침 창 밖으로 새어나오는 가느다란 빛은 방안의 어둠을 몰아내기에 충분했다. 바니후가 준비한 신선한 우유 한 잔과 토스트를 아침식사로 대신하고 샤오밍과 기차표를 사기 위해 하이라얼 역으로 갔다. 그는 표를 구입하기 전에 이별을 아쉬워한 듯 내일이나 모레쯤 가면 안되겠느냐고 물었다. 나는 아무 말도 하지 않은 채 그저 웃기만 했다. 오후 6시 차표를 끊고 가족들에게 선물을 사기 위해 시내에서 쇼핑을 했다. 길거리에 늘어선 1평이 채 되지 않는 조그만 상점들이 즐비한 곳을 거닐었다. 은색 팔찌를 파는 가게에서 어머니와 누나에게 줄 팔찌와 반지를 샀다. 샤오밍의 집으로 돌아와서 점심을 먹으려는데 철민씨로부터 전화가 왔다. 오늘 같이 못 가겠단다. 그는 감옥에서 알게 된 친구의 도움으로 그의 가족들을 꼭 만나고 싶다고 했다. 그들은 단지 돈 때문에 그러한 호의를 베풀겠다고 하는 것인데, 더욱이 성사된다는 보장도 없는데……. 자꾸 마음이 바뀌고 중심을 잡지 못하는 그의 태도에 마음이 착잡했다.

마지못해 그의 제안을 받아들였지만 답답한 마음을 가라앉히기까지 한참의 시간이 흘렀다. 내가 그의 입장이라면, 샤오밍은 그런 내 모습을 말없이 바라보고만 있었다. 그에게 사정을 했을 때 그는 흔쾌히 다시 역에 가서 표 한 장을 취소해주었다. 집에 들어가기 전에 근처 시장에서 저녁준비에 필요한 양념 몇 가지와 러시아인이 운영하는 빵집에서 과자와 빵을 샀다. 집에 들어서자 방 안 가득히 맛있는 냄새가 내 미각을 자극했다. 드디어 저녁 만찬이 준비되었다. 정성껏 차려진 음식을 눈으로 음미한 후 무심코 창문을 보니 누군가 이 광경을 엿보듯 붉은 태양이 환하게 비추고 있었다.

"내가 너를 위해 만찬을 준비했단다. 그동안 추운 감옥에서 고생 많았지?"라며 주님이 힘든 시간을 보낸 것에 대한 위로의 말씀을 내게 하시는 듯 했다. 식사를 하는 동안 힘들게 보낸 시간들을 떠올리며 흐르는 눈물을 애써 참느라 힘이 들었다. 샤오밍과 바니후는 하나님이 보낸 천사이며 그들이 베푼 만찬은 주께서 허락한 작은 상급처럼 느껴졌다.

차를 마시면서 샤오밍이 심각한 표정을 지으며 마음속에 꼭꼭 숨겨두었던 비밀 한 가지를 말해주었다. "내가 어렸을 때에 사촌 동생이 우리 집에 놀러왔었거든. 그런데 그 동생이 떠나는 것이 무척 아쉬워 몇 날 며칠을 심한 몸살을 앓았던 적이 있었어. 그런데 그 느낌이 15년 만에 되살아나는 것 같아. 나도 나의 이런 감정을 잘 설명할 수가 없어. 그래서 참 힘들어."

"당신은 사랑받기 위해 태어난 사람. 당신의 삶 속에서 그 사랑받고 있지요." 먼 이국땅에서 말도 통하지 않는 한 친구의 진심어린 우정을 받기 위해 난 이곳에 왔는지도 모른다. 짐을 정리한 후 밖을 나섰을 땐 어느새 밤은 깊었고 추청찬이 정류장에서 우리를 기다리고 있었다. 출발시간이 얼마 남지 않았다. 플랫폼을 향해 뛰기 시작했다. 열차를 타기 전 샤오밍이 카메라를 꺼냈다. 나의 독사진을 찍고 역무원에게 부탁해 셋이 함께 찍었다. 기차가 우리의 이별을 시기하듯 큰 소리로 기적소리를 내기 시작했다. 기차를 타기 위해 옮겨야하는 발걸음이 무거웠다. 그들이 내 시야에서 사라질 때까지 난 손을 흔들며 그들과 함께 했던 시간들을 견고한 기억창고에 집어넣느라 여념이 없었다. 흔들거리는 기차 안에서 샤오밍과의 이별을 아쉬워하며 메모지를 꺼내 감상의 흔적을 남겼다. 그토록 소망했던 가족 품으로 향하는 길인데도 좀처럼 지워지지 않는 허전함의 정체는 과연 무엇인가? 차창 밖의 검은 밤이 스크린이 되어 중국에서 경험했던 일이 영화의 한 장면처럼 떠올랐다.

연길에서 탈북자들을 처음 만났을 때의 긴장과 흥분, 그들과 함께 나눈 식사, 하얼빈에서 일행을 놓친 일, 만삭된 임산부의 진심어린 기도, 흰 눈이 깔린 광활한 벌판에서 그들과 헤어지기 직전 서로를 위해 기도했던 일, 체포된 이후 테이프를 버리고 그것을 다시 찾으러 화장실 밑바닥을 뒤지던 일, 감옥 문을 처음 들어섰을 때의 그 낯설음, 사람들과 갈등하고 화해하며 지냈던 시간들, 헤어질 때 서로를 기억하자며 벽에다 '思' 자를 썼던 일, 독방에서 처음 대했던 흰 쌀 밥과 맛있는 반찬, 펜이 주어졌을 때 정신없이 써 내려갔던 내 의식의 흐름, 왕징후이와의 갈등과 화해, 독방에서 경험했던 주님의 완벽한 임재, 샤오밍이 내게 베푼 친절과 따스한 배려, 언어에는 포착되지 않았으나 내 몸과 마음은 분명히 기억하고 있는 수많은 사건들…….

어떤 이들은 나의 이번 여행을 '금지된 여행'으로 규정하고 사람들이 불필요한 관심을 갖지 않기를 바랄지도 모르겠다. 그러나 자신의 문제를 스스로 해결할 수 없는 사람들이 존재하는 한, 타인의 어려움을 자신의 문제로 아파하는 사람들이 있는 한 '금지된 여행'은 앞으로도 계속 될지 모를 일이다.

　혹시 이 열차 안에는 또 다른 형태의 금지된 여행을 떠나는 사람은 과연 없을까?

　그 비밀을 간직한 채 밤하늘의 별은 새벽을 향해 달려가는 기차를 바라보며 자신의 환한 빛을 그렇게 뽐내고 있었다.

에필로그
epilogue

감옥체험 그 이후…….

공항에 내려 공중전화를 찾았다.
나의 존재를 목 놓아 부르다 지쳐 쓰러져 있는
가족들에게 나의 생존을 확인시켰다.
"어머니, 저 지금 한국에 왔어요……
잠시 후면 어머니를 뵐 수 있을 것 같아요……"
그리고 대영이에게 전화를 걸었다.
그 특유의 무뚝뚝한 목소리가 심하게 흔들렸다.
지금 공항이라는 말 한마디만 허락한 채,
지금 당장 가겠노라며 전화를 끊었다.

3월 24일

드디어 돌아올 수 없을 것만 같았던 한국 땅을 다시 밟았다.

실타래처럼 복잡하게 뒤엉킨 감격과 흥분,

그리움의 감정을 하나씩 정리하기 위해

중간에 차에서 내려 김포공항 언저리를 혼자 걸었다.

볼에 스치는 바람은 사랑하는 연인이 쓰다듬듯 부드러웠으며

가로등의 불빛은 일렬로 귀환을 축하하듯

자신의 빛을 120% 비추어 주었다.

누군가에게 인사를 하는 마음으로 하늘을 바라봤다.

"주님!

다시 제 자리로 돌아올 수 있게 해주셔서 정말 감사합니다."

걸으면서 노래를 흥얼거렸다.

아니 정확하게 말하면 멜로디에 의지해 신앙고백을 했다.

'약할 때 강함 되시는 나의 주님을 찬양해. 주 나의 모든 것 쓰
러진 나를 세우고 나의 빈 잔을 채우네. 주 나의 모든 것…….'

감옥체험은 내 인생과 영혼에 결코 지울 수 없는

긍정과 부정의 흔적을 새겨놓았다.

그러나 감옥체험을 한 이후의 내 삶은

그 곳에서 다짐했을 때와 달리
지리멸렬한 삶의 연속이었다.

지리멸렬…….
혹자는 자기비하의 표현이라고 말할지 모르나
내 머리 속에 떠오르는 단어는 솔직히 이것밖에 없다.
내 몸엔 어느새 게으름과 무기력이 덕지덕지 달라붙었고
하루 종일 집안에서 TV모니터만 멍하니 바라본 채
몇 개월 동안 소중한 시간을 그렇게 죽이고만 있었다.
그런 자신을 바라보며
존재의 초라함을 쓸쓸히 인정해야만 했다.
무기력에 허우적거리는 동안의 유일한 낙은
샤오밍과의 연락이었다.
우리는 전화와 메일을 통해 서로의 안부를 물으며
함께 지낸 시간을 그리워했다.
결국, 그가 그 그리움을 이기지 못해
한국을 두 번이나 찾았다.
한번은 가을에, 한번은 겨울에…….
그와 함께 이대거리를 거닐며 쇼핑도 하고

나의 벗들과 즐거운 대화를 나누기도 하고
우리 집에 와서 함께 저녁을 먹기도 했다.
그는 나로 인해 한국을,
나는 그로 인해 중국을 더욱 사랑하게 되었으며
서로는 그렇게 서로의 삶에 조금씩 침투되어 가고 있었다.

한편, 나와 함께 나온 철민씨는
강릉의 한 식당에서 주방장으로 일하며
다시 이 사회에서의 삶에 적응하기 위해 노력했고
강 사장님은 내가 나온 그 해 8월에 석방되었다.
그는 석방 된 이후에도
탈북자들을 돕는 그 일을 계속하셨고
가끔씩 그 분이 일하시는 사무실에 찾아가곤 했다.

그리고 그 해 가을부터
강원도 '문막' 이란 곳에서 시골의 초등학교를 사서
공동체 생활을 하며 주위 마을 사람들과 함께 살아가는
한 연극단체에 관한 다큐멘터리를 찍기 시작했다.
그들의 삶을 카메라에 담는 과정을 통해

오랜 시간 짓눌렀던 무기력에서 조금씩 벗어나긴 했지만
가끔씩 떠오르는 탈북자들에 대한 그리움과 죄의식은
시간이 흘러도 내 마음을 불편하게 했다.

결국 나는 다시 그 이듬해 3월
나를 걱정하는 가족들과 친구들에겐
일 때문에 간다는 적당한 명분을 남긴 채……
또 다른 탈북자들을 만나러 중국 행 비행기를 타게 된다.
나는 과연 왜 다시 그 곳에 가려 하는가?
'그들에 대한 헌신된 사랑'
이유가 이것뿐이라고 말하는 것은
스스로를 속이는 것이다.
그것을 포함한 다른 이유는
인생 앞에서 치열하게 살고자 했던,
영혼이 정결했던,
나에 대한 그리움…….
그것을 되찾고자 다시 그곳에 가려 한 것이었다!!

기획탈북 또는 기획 망명이란?

기획탈북 또는 기획망명은 일부 민간단체들이 탈북자들을 모아 주로 중국에 있는 외국 영사관이나 대사관, 학교 등에 진입시키고 이를 사전에 언론에 알려 장면을 생생하게 촬영한 뒤 국제적으로 이슈화시키는 활동을 말한다.
진입에 성공한 탈북자들은 언론의 집중보도로 스포트라이트를 받게되며, 대개 한국으로 온다. 이를 주도한 민간단체들은 북한 인권 문제의 심각성을 세계에 알렸다고 자평한다.

지난 2001년 장길수 군 가족이 베이징 주재 유엔난민고등판무관실(UNHCR)에 진입한 사건이 전 세계적인 주목을 받았다. 이후 2002년 3월14일 탈북자 25명이 베이징의 스페인 대사관에 진입하고, 2002년 9월 15명이 베이징의 독일 학교 진입 등이 벌어졌다.
그러나 탈북자에 대한 국제적 관심을 불러일으킬 수 있다는 장점에도 불구하고 부작용을 우려하는 지적도 많았다.

〈글/오마이뉴스 김태경 기자〉

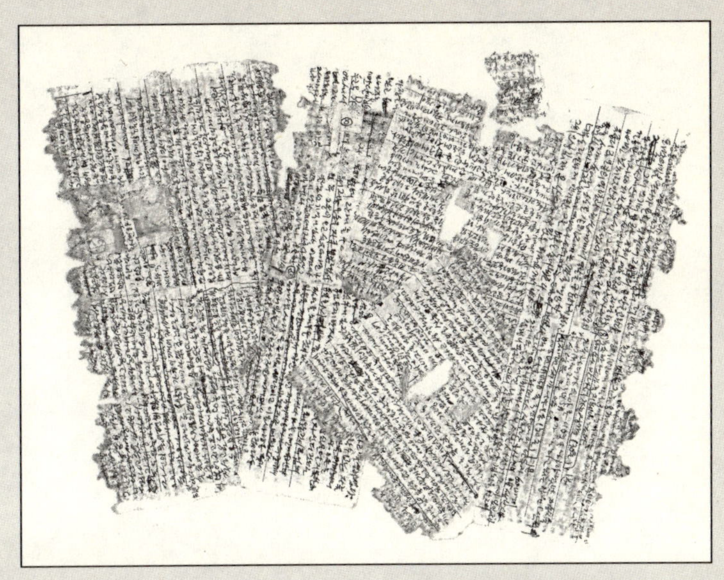

저자가 감옥에서 기록한 메모의 일부

감옥에서 힘든 진짜 이유는 못 입고 못 먹어서가 아니라 머리 속에 떠
오르는 수많은 생각과 깨달음을 놓쳐버리는데 있다.
머리 속의 생각을 정리할 수 있도록 종이와 펜을 줄 것을 부탁하여 기
록한 이 메모지는 신고 있는 운동화의 에어 포켓에 숨겨 간수들에게
들키지 않고 무사히 갖고 나올 수 있었다.